大漠謠

卷一 花落月牙泉

桐華 著

大漠謠

卷一 花落月牙泉

目錄

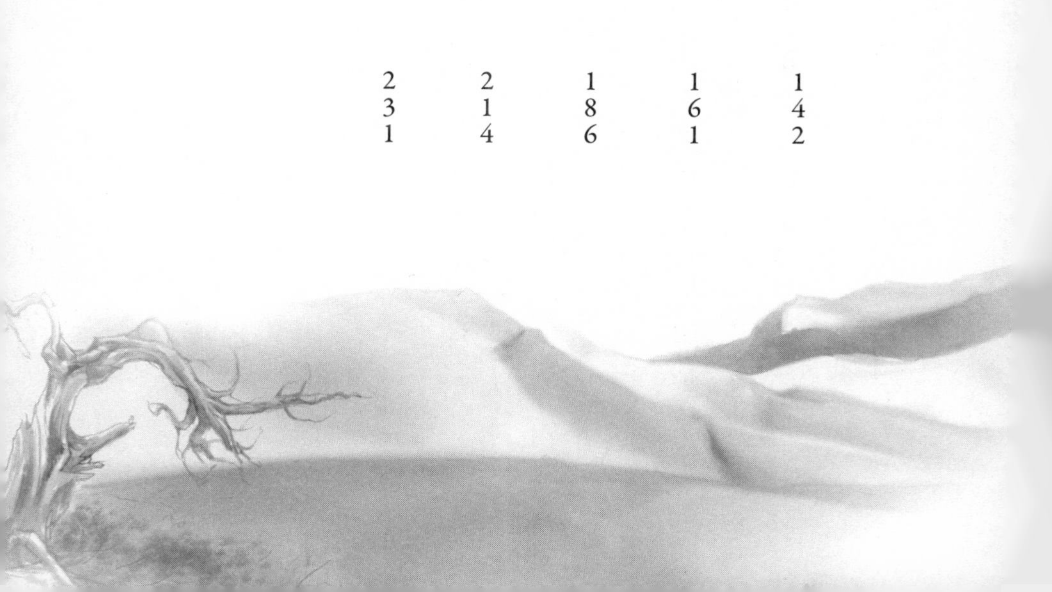

第一章

往事

他為什麼非要我做人？做狼不好嗎？
他和我說，我本就是人，不是狼，所以只能做人。
當我開始學寫字時，我想明白了幾分自己的身世：
我是一個被人拋棄或者遺失的孩子，
狼群收養了我，把我變成了小狼，可他又要把我變回人。

日子輕快一如沙漠中的夜風，瞬間已是千里。不過是一次受傷後的休息，草原已經枯萎了三次，胡楊林的葉子黃了三次。三年多時間，一千多個日夜，隨著狼群從漠北流浪到漠南，又從漠南回到漠北。打鬧嬉戲中，我幾乎從未離開過狼群，與阿爹在一起的六年似乎已湮沒在黃沙下，可惜……只是似乎。

沉沉黑夜，萬籟俱寂。篝火旁，我和狼兄一坐一臥，牠已酣睡，我卻無半絲睡意。白日我看到了匈奴軍隊，時隔三年再見，措手不及間，隆隆馬蹄聲喚醒了塵封多年的過去。

九年前，西域。

一個人躺在沙漠中，我盯著他的眼睛，他也盯著我。有蜥蜴從他臉上爬過，他一動不動。我好奇地用爪子輕拍了拍他的臉頰，他依舊沒有動，但微不可見地扯了下嘴角，好像在笑。

我從太陽正中研究到太陽西落，終於明白他為什麼躺著不動，他快要渴死了。

直到現在我依舊不明白我為什麼要救他？為什麼把自己很費力、很費力捉住的小羔羊給了他？為什麼莫名其妙地給自己找了個阿爹？難道只因為他的眼睛裡有一些我似熟悉又不熟悉的感覺？飲過鮮血、恢復體力的他，做了據說人常做的事情——恩將仇報。他用繩子套住我，把我帶離狼群生活的戈壁荒漠，帶進了人群居住的帳篷。

他喝了小羔羊的鮮血，可是卻不准我再飲鮮血，吃生肉。他強迫我學他直立行走，強迫我學他說話，還非要我叫他「阿爹」，為此我沒有和他少打過一次架，他卻一無畏懼。每一次都是我落荒而逃，又被他捉回去。

折磨、苦難、煎熬，我不明白他為什麼要如此對我。他為什麼非要我做人？做狼不好嗎？他和我說，我本就是人，不是狼，所以只能做人。當我開始學寫字時，我想通了幾分自己的身世：我是一個被人拋棄或者遺落的孩子，狼群收養了我，把我變成小狼，可他又要把我變回人。

「不梳了！」我大叫著扔掉梳子，四處尋東西出氣。折騰得我胳膊都瘦了，居然還沒有編好一條，本來興沖沖地想在湖邊看自己梳好辮子的美麗模樣，卻不料越梳越亂，現在只有一肚子氣。

天高雲淡，風和日麗，只有一隻半大不小的黑牛在湖邊飲水。我鼓著腮幫子看了會，偷偷跑過去在牠屁股上踢一腳，想把牠趕進湖中。牛「哞」地叫了一聲，身子紋絲不動。我不甘心地又跳起給牠一腳，牠尾巴一甩，扭身瞪著我。我忽然明白事情有點不妙，找錯出氣對象了。應該欺軟不欺硬，這頭牛是塊石頭，我才是那個蛋。

我決定先發制牛，弓著腰猛然發出了一聲狼嘯，希望憑藉狼的威勢把牠嚇跑。往常我如此做，聽到的馬兒、羊兒莫不腿軟奔逃，可牠居然「哞」地一聲長叫，把角對準了我。在牠噴著熱氣刨蹄子的剎那，我一個回身，嗷嗷慘叫著開始奔跑。我終於明白為什麼罵固執蠢笨的人時，會用「牛脾氣」了。

狼和牛究竟誰跑得快？我邊叫邊琢磨著這個問題。當我的屁股堪堪從牛角上滑過時，摸著發疼的屁股，我再沒有空胡思亂想，專心為保命而跑。

「牛大哥，我錯了，你別追我了，我再不敢踢你，我以後只欺負羊。」從左面跑到右面又急轉向左面，我已經累得快要撲倒在地，這隻牛卻蹄音不變，得得地想要我的命。

「臭牛，我警告你，別看現在就我一隻狼，我可是有很多同伴的。等我找到同伴，我們會吃了你的！」蹄音不變，威脅沒有奏效，我只能哭喪著臉繼續跑。

我大喘著氣，斷斷續續地道：「你傷……了我，我……我……我阿爹會把你煮來吃的。別再追……追……我了。」

話剛說完，似乎真起了作用。遠處並肩而行的兩個人，有一個是阿爹，於是我大叫著奔過去。阿爹大概第一次看我對他如此熱情，老遠就大張雙手撲向他，他竟然不辨原因，匆匆過來屈下身子抱我。等他留意到我身後的牛時，急著想閃避卻有些遲了。

一旁的陌生少年一箭步攔在阿爹身前，面對牛而站。我瞪大雙眼，看著牛直直衝向他。眼看牛角就要觸到他，電光石火間，他雙手握住牛的兩隻角，黑牛憤怒地用力向前抵，蹄子踏得地上草碎塵飛，他卻紋絲不動。我看得目瞪口呆，腦子裡唯一冒出的話是：「如果他是狼，肯定是我們的狼王。」

阿爹抱著我避開幾步，笑讚道：「常聞人讚王爺是匈奴第一勇士，果然名不虛傳。」

那個少年側頭笑道：「一點蠻力而已，能降服的不過是一頭小蠻牛，哪裡能和太傅的學識比？」

阿爹看我掙扎著要下地，放了我下去。「臣所懂的不過是書上的死道理，王爺早已經從世事中領會。」

我走到少年身旁，對著牛就是一腳，「讓你追我！還追不追？追不追？踢你兩腳，竟敢追得我差點跑死。」

本來已經被少年馴服了幾分的牛忽然蠻勁又起，搖頭擺尾地掙扎著。阿爹一把拽回我，對少年抱歉地說：「這是小女，性格有些刁蠻，給王爺添麻煩了。快給王爺行禮問安。」

我立著未動，眼睛一眨不眨地望著他。彼時我還不懂如何欣賞人的美醜，可那樣的英俊卻是一眼就可以體會的。痴看了他半晌，我叫道：「你長得真好看！你是匈奴人中最好看的男人嗎？不過於單也很好看，不知道等他長得和你一樣高時，有沒有你好看。」

他輕咳兩聲，欲笑未笑地看了阿爹一眼，轉頭專心馴服小牛。

阿爹面色尷尬地捂住我嘴巴，「王爺見諒，都是臣管教不當。」

黑牛戾氣漸消，那人謹慎地鬆開手，放黑牛離去。轉身看見阿爹一手捂著我嘴，一手反扭著我的兩隻胳膊，而我正對阿爹又踢又踹，他頗為同情地看著阿爹道：「這可比馴服一條蠻牛要費心血。」

把我和蠻牛比？我瞪了他一眼，他微怔一下又搖頭笑了起來，對阿爹道：「太傅既然有事纏身，本王就先行一步。」

他一走，阿爹把我夾在胳膊下，強行帶回帳篷中。我看過草原上的牧民用鞭子抽打不聽話的兒女，阿爹是否也會如此？正準備和阿爹大打一架時，阿爹卻只是拿了梳子出來，命我坐好。

「披頭散髮！左谷蠡王爺不一定是匈奴中長得最好看的男人，但妳一定是草原上最醜的女人。」

我立即安靜下來，一把拽過銅鏡，仔細打量著自己，「比前日我們看到的那個牙齒全掉光的老婆婆還醜嗎？」

「嗯。」

「比那個胖得快走不動路的大媽還醜嗎？」

「嗯。」

我噘嘴看著鏡中的自己，頭髮蓬蓬，中間幾根青草，鼻尖和臉頰上還染著黑泥，說多狼狽有多狼狽，唯獨一雙眼睛如秋水寒星，光華閃動。

阿爹替我把臉擦乾淨，細心地把草揀去，用梳子一點點把亂髮理順。「我們編兩根辮子，我先編一根，妳自己學著編另一根。等編好了辮子，妳肯定是我見過最好看的小姑娘。」阿爹一面替我編辮子，一面笑說。

◈ ◈ ◈

篝火中的枯枝爆開，飛起幾點火星，驚醒了我的回憶。身旁的狼兄慵懶地撐了一下身軀又趴回地上，我拍拍狼兄的背，思緒又滑回過去。

那年我七歲或者八歲，剛到阿爹身邊一年。那日是我第一次自己編好辮子，也是第一次見到伊稚斜。他是阿爹的好友，太子於單的小王叔，軍臣單于的幼弟，匈奴的左谷蠡王。因為他經常來找阿爹，我們漸漸熟稔，他只要出去打獵都會帶著我。

◈ ◈ ◈

「玉謹，如果還不能背出《國策》，頭髮即使全揪光，今晚也不許妳參加晚宴。」討厭的阿爹低著頭寫字，頭未抬地說。

我想起伊稚斜曾說過我的頭髮像剛剪過羊毛的羊，懨懨地放棄揪頭髮，盯著面前的竹簡開始啃手指，「為什麼你不教於單呢？於單才是你的學生，或者你可以讓伊稚斜去背，他肯定樂意。他最喜歡讀漢人的書，我只喜歡隨伊稚斜去打獵。」話剛說完就看見阿爹銳利的眼睛緊緊盯著我，我不服氣地說：「於單沒有讓我叫他太子，伊稚斜也說我可以不用叫他王爺。他們既然可以直接叫我的名字，我為什麼不可以？」

阿爹似乎輕嘆了口氣，走到我面前蹲下道：「因為這是世間的規矩，他們可以直接叫妳，但是妳必須對他們用敬稱。在狼群中，沒有經驗的小狼是否也會對成年狼尊敬？不說身分，就是只提年齡，估計於單太子比妳大四、五歲，左谷蠡王爺比妳大了七、八歲，妳應該尊敬他們。」

我想了會，覺得阿爹說得有些道理，點點頭，「那好吧！下次我會叫於單『太子』，也會叫伊稚斜『左谷蠡王爺』。不過今天晚上我要吃烤羊肉，要參加晚宴，我不要背《國策》。於單才是你的學生，你讓他去背。」

阿爹把我的手從嘴裡拽出來，拿了帕子替我擦手，「都快十歲的人，怎麼還長不大？左谷蠡王爺在妳這個年齡都上過戰場了。」

我昂著頭，得意地哼了一聲，「我們追兔子時，他可比不過我。」忽地想起我和伊稚斜的約定，後悔地連忙掩住嘴，悶聲說：「我答應過王爺不告訴別人，否則他就不帶我出去玩了，你千萬別讓他知道。」

阿爹含笑問：「《國策》？」

我懊惱地大力擂著桌子，瞪著阿爹道：「小人，你就是書中的小人，我現在就背。」

單于派人來叫阿爹，雖然他臨出門前一再叮囑我好好背書，可是我知道，他更知道，他所說的話註定全是耳邊風。阿爹無奈地看了我一會，搖頭離去。他剛一出門，我立即快樂地跳出屋子，找樂子去！

◈ ◈ ◈

僻靜的山坡上，伊稚斜靜靜躺在草叢中，我躡手躡腳地走到他身旁，剛要嚇他一跳，沒想到他猛然起身捉住我，反倒嚇我一跳。

我哈哈笑著摟住他的脖子，「伊……王爺，你怎麼在這裡？我聽說你要娶王妃了，今兒的晚宴就是特意為你舉行的。」

伊稚斜摟著我坐到他腿上，「又被妳阿爹訓話了？和他說了幾百遍我們匈奴人不在乎這些，他卻總是謹慎多禮。是要娶王妃了。」

我看了看他的臉色，「你不開心嗎？王妃不好看嗎？聽於單說是大將軍的獨生女，好多人都想娶她呢！如果不是於單年齡小，單于肯定想讓她嫁給於單。」

他笑道：「傻丫頭，好看不是一切。我沒有不開心，只是也沒什麼值得特別開心。」

我笑說：「阿爹說夫和妻是要相對一輩子的人，相對一輩子就是天天要看，那怎麼能不好看呢？等我找夫君時，我要找一個最好看的人。嗯……」我打量著他稜角分明的臉，猶豫著說：「至少不能比你差。」

伊稚斜大笑著刮了我的臉兩下，「妳多大？這麼急著想扔掉妳阿爹？」

我的笑容僵在臉上，悶悶地問：「是不是你和於單都知道自己多大？」他輕點下頭，我嘆了口氣說：「可是我不知道呢！阿爹也不知道我究竟多大，只說我現在大概九歲或者十歲，別人問我多大時，我都回答不上。」

他笑著握住我的手，「這是天下最好的事情，妳居然會不高興？妳想想，別人問我們年齡時，我們都只能老老實實說，就只有一個選擇，可妳卻能自己選，難道不好嗎？」

我眼睛亮起來，興奮地說：「是呀！是呀！我可以自己決定幾歲呢！那我應該是九歲還是十歲呢？我要十歲，可以讓目達朵叫我姐姐。」

他笑著拍了我腦袋一下，看向遠方。

我拽了拽他的胳膊，「我們去捉兔子吧！」他卻沒有如往日一般爽快地答應我，只眺望著東方默默出神。我伸著脖子使勁地看向遠處，只有牛羊還有偶爾滑過天際的鷹，和往常沒什麼不一樣，「你在看什麼？」

伊稚斜不答反問：「往東南走有什麼？」

我皺著眉頭想了會，「有牛羊，然後有山，有草原，還有沙漠，再繼續走就能回到中原。那是阿爹的故鄉，聽說非常美。」

伊稚斜眼中閃過一絲驚疑，「是妳阿爹跟妳講的嗎？」

我點點頭，他嘴角微翹，笑意有些冷，「我們的草原、湖泊、山川也很美。」

我贊同地點頭，大聲道：「我們的鄢支山最美，我們的祁連山最富饒。」

伊稚斜笑道：「說得好。一直往東南方走就是中原。中原漢朝沒什麼大不了，可是現在漢朝的皇帝很不一般。」

「他比你長得好看？」我好奇地看向東方。

「可恨生晚了許多年，竟只能看著他向西逼近，逐漸擴大漢人的疆域。一個衛青已讓我們很頭疼，若再出幾個大將，以現在漢朝皇帝的脾性和胃口，我們遲早要為鄢支山和祁連山而戰，到時就不能坐在這裡看這片土地了。可恨族人們被漢朝的繁華富足和漢朝皇帝的厚待吸引，亡族之禍就在眼前，卻還一心親漢。」他雙眼盯著前方，似淡漠似痛心地緩緩而說。

我看看東面，再看看他，下意識啃起手指，眼睛一眨不眨地盯著他。

他輕輕撫過我的眼睛，手指在我唇上印了一下，搖頭笑起來，「希望再過幾年，妳能聽懂我的話，也仍舊願意坐在我身旁聽我說話。」

他拽出我的手，用自己的袖子把我的手擦乾淨，拉我起身，「我要回去了，今日的晚宴是為我舉行，總要打扮一下。雖是做樣子，可若是不做，不高興的人卻會不少。妳呢？」

我環顧四周一圈，有些無聊地說：「我去找於單。下午有騎射比賽，我去看熱鬧，只是希望別撞上阿爹。」

氣氛輕鬆愉悅的晚宴，卻因為我而陷入死寂。

我雙手捧著裝羊頭的托盤，跪在伊稚斜面前，困惑地看看強笑著的單于，又看看臉帶無奈的阿爹，再看氣鼓鼓的於單，最後望向了伊稚斜。他眉頭微鎖一瞬又慢慢展開，臉上沒有任何表情，眼中卻似乎帶著暖意，讓我在眾人各色眼光下發顫的手慢慢平復下來。

伊稚斜起身向軍臣單于行禮，「我們的王，玉謹沒有看過單于雄鷹般的身姿，竟然見了大雁當蒼鷹。臣弟想，今日在場所有人心中的英雄肯定是於單太子，太子下午百射百中，馬上功夫更是不一般，日後定是草原上的一隻勇狼。」他俯身從我手中取過托盤時，快速朝我笑眨了下眼睛，轉身走到於單桌前，屈膝單腳跪在他面前，低頭將羊頭雙手奉上。

眾人鬨然笑著鼓掌歡呼，紛紛誇讚於單大有單于年輕時的風範，各自上前給於單敬酒。於單取過奴役奉上的銀刀，割下羊頭肉丟進嘴中。從頭至尾，伊稚斜一直身姿謙卑、紋絲不動地跪著。

單于嘴角終於露出滿意的笑容，舉著酒杯上前扶伊稚斜起身，伊稚斜笑著與單于共飲一杯酒。

我大概是場中唯一沒有笑的人，難受地靠在阿爹身旁，看著眼前我似懂非懂的一幕。如果不是

我的魯莽衝動，伊稚斜不用在這麼多人面前彎下他的膝蓋，低下他的頭，跪年齡比他小、輩分比他低、個子沒他高的於單。

阿爹笑著拍拍我的臉頰，小聲道：「乖丫頭，別哭喪著臉，笑一笑。有懊惱的功夫，不如審視所犯的錯誤，杜絕再犯。用心琢磨妳做錯了什麼，再想想王爺為何要這麼做。背了《國策》的權謀術，卻還做出這樣的舉動，看來我真是教女失敗，我也要審視一下自己了。」

我不會騎馬，不能去遠處玩，那場晚宴之後，能不理會阿爹的約束帶我出去玩的兩個人，一個因為自己闖禍，不敢去見；一個卻生了我的氣，不來見我。

看到於單在湖邊飲馬，我哼了一聲，自顧到湖的另一邊玩水。於單瞪了我半晌，我故意裝作沒看見。

「妳不會游水，別離湖那麼近，小心掉進去。」

我往前又走了兩三步，小心地試探水深，能不能繼續走。於單揪著我的衣領子，把我拽離了湖邊，我怒道：「你自己不會游水，膽子小，我可不怕。」

於單氣笑道：「明明該我生氣，妳倒是脾氣大得不得了。」想起當日的事情，我心裡也有幾分不好意思。

於單選我去敬獻羊頭，我沒有奉給單于卻奉給伊稚斜，結果開罪了單于，又給自己心中的英雄惹了麻煩。我低著頭，沒有說話。

於單笑著拉起我的手道：「如果不生氣了，我們找個地方玩去。」

我抿著唇笑，點點頭，兩人手拉著手飛跑起來。

我十歲時，因為伊稚斜，第一次認真思索阿爹每日叫我背誦的文章，也第一次審視單于、伊稚斜和於單的關係。我開始約略明白，他們雖是最親的親人，卻也很有可能成為漢人書中描寫的骨肉相殘的敵人。

伊稚斜的王妃梳好頭後，側頭笑問伊稚斜：「王爺，這個髮髻是跟閼氏新學的，我梳得可好？」

正在看書的伊稚斜抬頭，沒有表情地看著王妃的髮髻。王妃臉上笑容漸褪，正忐忑不安間，伊稚斜隨手折了一朵擺在案頭的花，起身將花簪在她的髮側，一手搭著她肩頭含笑道：「如此才不辜負妳的嬌顏。」

王妃臉頰暈紅，抬頭笑瞅了伊稚斜一眼，身子軟軟地靠在伊稚斜身上。

我皺著眉頭吁了口氣，轉身就走，身後傳來嬌斥聲：「誰在外面偷看？」

伊稚斜揚聲道：「玉謹，進來。」

我在帳篷外站了一會，扯了扯臉頰，逼自己擠出一個甜甜的笑容後，才走進帳篷向王妃行禮問安。伊稚斜眼中掠過一絲驚詫，隨即只是淺笑著看我和王妃一問一答。

王妃笑問：「王爺怎麼知道是玉謹在外面呢？」

「就她在各個帳篷自由出入慣了，士兵見了也不多管，除了她還有誰能悄無聲息地在外偷看？」伊稚斜走到案前坐下，又拿起書。

王妃站起身道：「玉謹，陪我去見閼氏吧！她會很多漢朝玩藝兒，我們學著玩去，給妳梳個漂亮的髮髻，好不好？」

我笑著搖搖頭，「那要手很巧、心很聰明的人才能學會，我太笨了，學不會。我只喜歡追兔子。」

王妃笑了起來，彎身在我臉上親了一下，「好一張乖嘴，怎麼先前聽人說妳脾氣刁蠻呢？我卻是越看越喜歡。妳既不去，我只好自己去了，不過王爺今日恐怕也沒時間陪妳騎馬打獵呢！」

王妃向伊稚斜微欠了下身子，掀簾而去。我這才舉起衣袖用力擦王妃剛才親過的地方，伊稚斜看著我，手指遙遙地點點我，搖頭而笑。

我輕嘆口氣轉身要走，伊稚斜起身道：「等等我。」我扭頭看向他，他快走幾步牽起我的手，「出去走走的時間還有。」

他拉著我沿著山坡向高處行去，「好長一段日子沒見妳，去見妳阿爹時也不見妳蹤影，妳和於單和好了？」

我剛點了下頭，又立即搖搖頭。

「又吵架了？妳要是肯把剛才裝模作樣的功夫對於單施展一點，肯定能把於單哄得開開心心。」伊稚斜打趣地說。

自從大婚後，伊稚斜對王妃的寵愛整個草原都知道，我因為不想讓他為難，所以刻意討好王妃，可他又是為何？難道真如於單所說，他對王妃百般疼愛，只因為王妃的阿爹重兵在握？或因為他只想讓她高興，所以是否是他喜歡的髮髻根本不重要？我鬱鬱地看著前方，沒什麼精神地說：「你也裝模作樣，明明不喜歡王妃梳漢人髮髻，卻說喜歡。」

伊稚斜一撂袍子坐在地上，拖我坐在他身邊。他瞅了我一會，輕嘆口氣，「玉謹，妳開始長大了。」

我抱著膝蓋也嘆了口氣，「那天晚上你心裡難受嗎？都是我的錯，我已經聽阿爹的話仔細反省了。」伊稚斜望著遠處淺淺而笑，沒有回答。我定定盯著他的側臉，想看出他現在究竟是開心還是不開心。

「這次又是為什麼和於單吵？」他隨口問。

我嘟著嘴，皺著眉頭，半晌都沒有說話。他驚疑地回頭，笑問道：「什麼時候這麼扭捏了？」

我咬了咬嘴唇，「於單說你是因為阿爹才肯帶我出去玩，是真的嗎？」

伊稚斜低頭笑起來，我眼巴巴地看著他，焦急地等著答案，他卻只是笑了又笑。我怒瞪著他，他輕咳一下斂起笑意，凝視著我的眼睛好一會，突然俯身在我耳邊低聲道：「因為妳的眼睛。」

他凝視著我時，極其專注，彷彿一些被他藏在心裡的東西慢慢滲出，匯聚到眼中，濃得化不開，我卻看不懂。

我疑惑地摸摸自己的眼睛，想了會還是一點都不明白，不過壓在心中的一塊大石卻已落下，咧著嘴呵呵笑起來。

只要不是因為阿爹就好，我只想別人因為我而對我好。

◈ ◈ ◈

我心中一酸，臉俯在膝蓋上輕輕嘆了口氣。

傻玉謹，為什麼要到事後才明白，伊稚斜既然當日能哄王妃開心，怎麼就不可以哄妳這個小ㄚ頭呢？

於單的話也許全部都對，只是我沒有聽進去，而阿爹也誤信了伊稚斜。原來看似衝動的於單才是我們之間最清醒的人，於單，於單……月兒即將墜落，篝火漸弱，發出耀眼的紅光，卻沒什麼熱度，像於單帶我去掏鳥窩那天的夕陽。

◈ ◈ ◈

《國策》、《國事》、《短長》、《事語》、《長書》、《修書》……我驚恐地想，難道我要一輩子背下去？阿爹究竟有多少冊書要我背？我幹嘛要整天背這些國家怎麼爭鬥，臣子怎麼玩弄權謀的書？

「玉謹！」於單在帳篷外向我招手。

我把竹冊往地上一砸，竄出了帳篷，「我們去哪裡玩？」問完才想起我又忘了向他行禮，匆匆敷衍地補了個禮。

於單敲了我腦袋一下，「我們沒有漢人那麼多禮節，別跟著先生學成個傻女人。」

我回打了他一拳，「你的娘親可是漢人，她也是傻女人嗎？」

於單牽著我手，邊跑邊道：「她既然嫁給了父王，早就是匈奴人了。」

於單拉我上了馬，兩人共乘一騎，「先生怎麼還不肯讓妳學騎馬？」

「頭兩年我老是逃跑，怎麼可能讓我學騎馬？你還幫阿爹追過我呢！現在大概覺得我不會也無所謂，有那時間不如多看看書。」

於單笑說：「父王說明年我可以娶妻，問我右賢王的女兒可好，我想和父王說讓妳做我王妃。」

我搖頭道：「不做。等我再長高點，功夫再好一些時，我要去遊覽天下。況且單于和我阿爹肯定不會答應你娶我，你是太子，將來要做單于，右賢王的女兒才和你匹配。」

於單勒住馬，半抱著我下馬，「父王那裡我可以求情。妳嫁給我，就是匈奴將來的閼氏，想到哪裡玩都可以，沒有人會管妳，也不會有人逼妳背書。」

我笑著反問：「可是你娘親沒有到處玩呀！我看她很少笑，似乎不怎麼快樂。漢人的書上早寫了，就是貴為國君，依舊不能為所欲為。」

於單不屑地說：「那是他們蠢，我可不會受制於人。」

我搖頭笑道：「左谷蠡王爺笨嗎？可他也和我說過，人生在世總免不了一個忍字，誇讚漢人講的話有道理呢！」

於單氣瞪了我一眼，低著頭快步而行，「伊稚斜，伊稚斜，哼！」

我朝著他的背影做了個鬼臉，一蹦一跳地跟在他身後，「他是你的小王叔，你即使是太子，也不可以直接叫他的名字，被我阿爹聽見該說你了。」

於單沒好氣地問：「為什麼你們每一個人都誇讚他？左谷蠡王英勇善戰，左谷蠡王誠摯豪爽，左谷蠡王聰明好學……」

我拍著手掌，哈哈笑道：「有人的眼睛要變紅了。」

於單冷笑了幾聲道：「我眼紅什麼？遲早他要見我就跪拜。」

我心中猛然一顫，忙握住他的手道：「別生氣，我可沒說他比你好。他雖然有他的好，可你也有你的好，現在一點不比他差，將來肯定會比他好。」

於單轉怒為笑，「不提他了，我帶妳來是看鳥玩，可不是講什麼王爺。」

兩人彎著身子在灌木叢中潛伏而行，盡量不發出任何聲響。靜靜行了一段路，聽到側面有細微的響動，我們交換了個眼神，悄悄摸了過去，可看見的情景，卻讓我和於單一動也不敢動。

於單的娘親和我阿爹並肩而坐，兩人都是面色蒼白。於單的母親眼淚紛紛而落，忽地她靠在阿爹肩頭，壓著聲音哭起來。

我正納悶誰欺負了她，為什麼不找單于哭訴？於單握著我的手一抖，拖著我就要離開，阿爹聞聲跳起，喝問道：「誰？」我害怕地想跑，於單此時卻奇怪地不肯走，拽著我走出樹叢，臉色鐵青地立在阿爹和閼氏面前。

阿爹眼中帶著幾分痛苦看著於單和我，閼氏卻是神色平靜，冷淡地看了一會兒子，居然從我們身旁揚長而過，再未回頭。

我看看阿爹，再看看於單，起初的害怕早已不見，只剩不耐煩，跺著腳道：「你們看什麼看？又不是鬥蛐蛐，你盯著我，我盯著你。於單，你想知道什麼就問；阿爹，你想解釋什麼就說。」

阿爹張了張嘴，剛想說話，於單忽然摔開我的手，一溜煙地跑沒影了。阿爹深吸口氣，沉默地站了一會，牽起我向外走去，「讓妳好好背書，怎麼又跑出來？」

我挽著他的胳膊，身子半吊在他的身上，只用一隻腳一跳一跳地走著，「背書背得不耐煩，太子正好來找我玩，我就來了。剛才閼氏為什麼要靠在你身上哭？太子為什麼那麼生氣？」

阿爹苦笑起來，「這些男女之事，現在講了妳也聽不懂。」

「你不講，我更不可能懂。你不是老說我不通人情嗎？現在正是你親身教我的機會呀！」

阿爹揉揉我的頭髮，拉著我走到湖邊坐下，目光投注在湖面上，但眼裡卻是一片空無蒼涼，

「我和閼氏少年時就已經相識，那時她還不是什麼公主，只是普通官宦人家的女兒。我也不是現在

的我，而是個一心想建功立業的少年，我和她……我和她……」

我小聲替他說道：「『維士與女，伊其相謔，贈之以芍藥』，你和她互相贈送了芍藥。」

阿爹拍了下我的背說：「《詩經》還是讀懂了，我們互相贈送的雖不是芍藥，但意思卻是一樣。」

「那她怎麼如今做了單于的妻子？為什麼不做你的妻子？不是送了芍藥就該『共效于飛』嗎？」

阿爹輕聲笑起來，「為什麼？該從大處說，還是從小處說？」他雖然在笑，可我卻聽得有些害怕，往他身邊靠了靠，頭埋在他膝蓋上。

「從民族大義來說，當年漢朝打不過匈奴，為了百姓安寧，少死人，皇家要和匈奴和親，卻又捨不得自己的女兒，所以從臣子們的女兒中挑選容貌秀麗、才德出眾者封為公主，嫁給匈奴。從我倆而言，我膽小怯懦，不敢抗旨帶著她流亡天涯，她也不能棄父母於不顧，所以她只能做單于的妻子。若單于待她好，即使匈奴野蠻落後、不知禮儀那也罷了，可單于卻是一個不懂賞花的人。她哭只是因為對命運的無奈，太子生氣是想多了。也因為他畢竟是匈奴人，很多事情無法體諒，無法明白她母親的痛苦。」阿爹輕嘆一聲，「如果我們再晚生幾年，趕上當今皇上親政，也許一切都會不一樣。」

我覺得這話聽著耳熟，想了好一會才想起兩年前伊稚斜訂親那天，他在山坡上感嘆自己沒有早生幾年，不能和漢朝的皇帝一爭長短，只能看著漢人西張。一個漢朝的皇帝，居然讓阿爹和伊稚斜一個想晚生，一個想早生。

阿爹看我凝神思索，問道：「聽懂了嗎？」

「一半一半。你講皇帝與單于、大漢和匈奴的事情我聽懂了，可我還是不懂於單為什麼那麼生氣，回頭我再慢慢琢磨，我會勸於單不要生氣。阿爹，你讓我背那些書冊，是不是不想讓我只做花？」

「嗯，沒有找人教妳紡線織布、裁衣刺繡，也沒有教妳煮飯灑掃，我也不知對不對。所有這些東西她都會，但她卻受著欺負，朝堂上我可以盡力幫於單爭取利益，後宮之事我卻有心無力。」

我搖了搖阿爹的胳膊，仰頭看著他道：「我不做嬌柔的花，我做高大的樹，不會讓人欺負。」

阿爹揉了揉我的頭髮，「妳的性子的確不像，可正因為妳這個性子，我才更要妳心思機敏，體察人心，能斷善謀。否則只是一昧好強，受不了他人的氣，卻又保護不了自己，那可真不如把妳丟回狼群中。」

我低聲嘟囔道：「誰又想做人了？」

阿爹笑道：「又在腹誹我。妳現在已經是人，再回不到過去，就安心努力地做人吧！」

我默默想了會，忽然一喜，「等於單做了單于，閼氏是不是可以嫁給你？」

阿爹凝視著湖面，緩緩搖了搖頭，「等於單做了單于，我就帶妳回中原。妳既是我的女兒，自然不能在匈奴處長待，我只教妳寫漢字讀漢書，不肯讓妳學匈奴的文字，就是因為這個原因。她……她會做太后，於單是個孝順的孩子，她會過得很好。」

我納悶地問：「為什麼不娶閼氏？你不想娶她嗎？匈奴可沒有漢人那麼多規矩，匈奴的閼氏可以再嫁呀！」

「一時的錯過，就是一生的錯過，人生中很多事情都沒有回頭的機會。」阿爹近乎自言自語地說著，我搖搖他的胳膊，「為什麼不可以回頭？」

「等我們回中原，妳長大時再來問我。」阿爹牽著我站起，「回去吧！今天要做的功課一點都不許少，否則休想吃飯。」

之後不到一年，軍臣單于意外去世⋯⋯⋯⋯

◈ ◈ ◈

我突然站起，深吸幾口氣，凝視著東方初升的太陽。原來我還是不能坦然回憶之後的一切，還是會被刺痛。

過去已如地上燃燒殆盡的篝火，只剩烏黑的灰燼，若想立即掃去灰燼，一不小心就會燙傷手。不過，總有冷卻的那天。

阿爹最後叮囑的話，再次迴響在耳邊，「玉謹，阿爹對不起妳，本以為可以看著妳嫁人生子，可如今⋯⋯如今阿爹不能陪妳回中原，妳自己回去。這次妳是兔子，他人是狼。妳要逃，拚命地逃，逃回中原妳就安全了。妳一定要活著，答應阿爹，不管遇到什麼，都要努力活著，快快樂樂地活著，阿爹唯一的心願就是妳過得好……」

太陽快活地躍上大地，我迎著明亮的陽光輕聲道：「阿爹，我會過得很好、很快樂，你也要和閼氏快快樂樂的。於單，你也是。」

阿爹總是不願意我做狼，總是心心念念想讓我回中原。其實我不用逃到中原也很安全，在西域大地，沒有人能捉住如今的我，即使是伊稚斜，匈奴帝國現今的單于。

第二章 初遇

那白並非如雪一般亮，而是柔和親切舒服熨貼的，
彷彿把秋夜的月色搗碎浸染而成，白中泛著些微黃。
少年的面容漸漸清晰，
眉目清朗如靜川明波，身姿俊雅若芝蘭玉樹。
他只是靜靜坐著，我已彷彿看到朗月出天山，春風過漠北。

狼兄迎著朝陽站起，一身銀毛在陽光下閃爍著千萬點微光。牠昂著頭，引頸而嘯，長長的嘯聲迴盪在天地間。我也伴隨著狼兄呼嘯起來，一面笑著高舉起雙手，彷彿擁抱朝陽，擁抱新的一天。

林間的鳥兒騰起，驚叫著衝向藍天。薄霧輕寒中，晨曦伴著落葉在林間歡舞，彩雲隨著鳥兒在天空飛翔。我哈哈笑著踢了狼兄一腳，「看誰先到月牙泉邊。」嘯聲未落，人已直衝出去。

三年的時間，狼兄已長得和我齊腰高。我稱呼牠「狼兄」並不是因為牠比我大，那只是我隨口而起的敬稱。實際上我重回狼群時，牠還不到一歲，是隻剛能獨自捕獵的小狼，可牠現在已是我們

的狼王。雖然私底下我經常對牠連踢帶踹，其實我還是很尊敬牠。

狼兄似乎感覺到我在想什麼，對著水面不滿地哼哼了幾聲，俯下頭繼續飲水。牠一直認為自己英俊天下第一、武功舉世無雙，雄狼一見就臣服，雌狼一見便傾倒，奈何碰上我不買他的帳，只能感嘆既生牠，何生我。

為了容易辨別，我也曾嘗試給其他狼取名字，分別是狼一、狼二、狼三……依此類推。初時我只需命名到「狼九十九」，如今隨著我和狼兄「遠交近攻」的縱橫之術，我已經完全混亂，只記得最後一次命名是「狼一萬九千九百九十九」，而那是將近兩年前的事情。在我發現我看見一隻狼要想半天牠的名字時，我無奈地放棄我的命名嘗試。

當年秦朝靠著「遠交近攻」的連橫之術，最終「一匡天下，九合諸侯」，我估計我和狼兄「一匡狼天」的霸業只是遲早的問題，我畢竟是一個人，鼻子雖遠比不上狼兄，記憶狼群對我還真有些困難。

阿爹如果知道我竟然把他教給我的權謀之術應用到狼群中，不知道會笑還是會愁？如果當年我能早點明白這些，能幫上阿爹一臂之力，是否一切會不一樣？

「敦煌四月好風光，月牙泉邊好梳妝……」懶懶臥於一旁的狼兄，冷冷橫了我一眼，打了個響亮的噴鼻後又不屑地閉上了眼睛。正如我不認為牠英武不凡，狼兄也從不認為我長得好看，和毛皮光滑的母狼比起來，我只怕醜得難以入狼目。

我氣恨恨地瞪了牠一眼，一面編著辮子一面繼續唱：「月牙泉水清又清，丟個石頭試水深，有心打狼怕狼爪，徘徊心不定啊伊喲……」

臨水自照，波光映倩影。三年時間，從阿爹口中的小姑娘變成了窈窕少女，雖然不能誇自己是淑女，但我知道自己是美麗的。我朝著水面的影子做了個鬼臉，滿意地點點頭，打個呼聲示意狼兄可以回去了。狼兄展了個懶腰，起身在前慢跑而行。

我們立在鳴沙山高處，看著遠處蜿蜒而行的一個小商隊，看他們的樣子應該準備紮營休息。想著快用完的鹽以及破爛的裙子，我蹲下身子，用無比諂媚的笑容看向狼兄。狼兄卻一副見到怪物被嚇到的表情，猛退了幾步，皺著整張臉，帶著幾分不耐煩瞪著我。

我向牠低低嗚叫幾聲，請牠先回去，我打算去偷商隊。牠無奈地看了我一會，估量著我絕對沒得商量，最後示意陪我一塊去。我撲上前摟著牠的脖子笑起來，牠閉著眼睛，狀似勉為其難地忍受我，身子卻緊緊挨著。

自從離開阿爹，再沒有人會張開雙臂抱我入懷，可幸運的是我有狼兄，雖然牠不可能抱我，不過我抱牠是一樣的。

我們兩個偷偷摸摸地潛伏著接近商隊的紮營地。這是個非常小的商隊，估計也就十個人。我心裡微感詫異，以前從沒見過這麼小的隊伍，他們是買賣什麼呢？我只顧著自個琢磨，狼兄等得有些不耐煩，從背後輕輕咬了下我的屁股，我又羞又怒，回頭猛擰了下牠的耳朵。

牠看我真的生氣了，歪著腦袋，大眼睛忽閃忽閃，一臉不解。我無奈地嘆口氣，堂堂狼王陪我在這裡偷雞摸狗，我就小女子不記大狼過，放過牠一次。我惡狠狠地警告牠不許再碰我的屁股，否則不再為牠烤肉吃，說完轉頭又繼續觀察商隊。

一個黑衣大漢手腳麻利地抬出一張輪椅放在地上，另一個紫衣大漢躬身掀起馬車簾子，一襲白衣映入眼中。

那白並非如雪一般亮，而是柔和親切、舒服熨貼的，彷彿是秋夜月色浸染而成，白中泛著些微黃。少年的面容漸漸清晰，眉目清朗如靜川明波，身姿俊雅若芝蘭玉樹。他只是靜靜坐著，我已彷彿看到朗月出天山，春風過漠北。

紫衣漢子伸手欲扶少年下車，少年淡然一笑，溫和地推開他的手，自己雙手撐著緩緩從馬車上一點點移下。我不可置信地瞪大雙眼，老天總會嫉妒人世間的完美嗎？

從馬車邊緣移坐到輪椅上時，輪椅在沙中滑動了一點，白衣少年險些摔倒，幸虧及時拽住馬車椽子才又穩住。紫衣大漢幾次欲伸手幫他，被黑衣漢子看了幾眼，又縮回了手。

平常人下馬車不過一個跳躍而已，這個少年卻足足費了半盞茶的工夫。但他自始至終嘴邊含著絲淺笑，本來狼狽的動作，他做來卻賞心悅目，即使混亂中也透著一股從容不迫。

少年抬頭看了會四周連綿起伏的鳴沙山後，又緩緩把目光投向那一彎靜臥在沙山包圍中的月牙泉。泉水映著湛藍的天空，碧光瀅瀅。他眼中流露著幾分讚嘆，千百年來，黃沙滾滾卻不能吞噬這彎形如月牙的泉水。

藍天、黃沙、碧水，無風無聲，我平常看慣的冷清景色，卻因他一襲白衣，平添了幾分溫和，原來山水也有寂寞。

我只顧盯著他看，竟然忘了我來的目的。猛然醒覺自己為何在此，一瞬間有些猶豫，偷是不偷？又立即覺得，有什麼理由讓我不偷？有這麼一個少年的存在，勢必讓所有人的注意力都放在他身上，如此大好機會怎能錯過？

黑衣大漢和紫衣大漢如兩座鐵塔，立在少年身後一動不動。其餘幾人都在忙碌，或紮帳篷或堆火做飯。我確定無人會注意到我們，示意狼兄就在這裡等著，我慢慢向他們的駱駝爬去。先摸清他們到底賣什麼，看看有無我需要的東西，鹽巴恐怕要等到他們做飯時，才能知道放在哪裡，否則很難找。

戈壁沙漠中的往來商旅，大多靠駱駝載運貨物長途跋涉。駱駝性情溫順，我早已摸清牠們的性子，從無失手。而我在狼群中練就的潛行手段，一般人也很難發現我，可我大意下居然忘了那匹拉著馬車的馬。牠被解開了韁繩，在一邊悠閒地吃著乾草。我剛接近駱駝，這匹看似沒有注意我的臭馬居然引頸高嘶。沒有想到馬也會玩兵法，居然懂得「引敵深入，一舉擒之」。

紫衣大漢和黑衣大漢迅速擋在白衣少年身前，其餘漢子向我包圍而來。我瞪了眼那匹臭馬，明顯感覺牠眼裡滿是笑意，但也顧不上和牠算帳了。我匆匆向外奔去，狼兄無聲無息地竄出，替我撲開兩個漢子，擋開追截。

我和狼兄正要飛奔離去，一道溫和的聲音帶著幾分漫不經心，在身後響起：「姑娘如果確定跑得過我手中七箭連發的弩弓，不妨一試。」

我腳步一滯，狼兄迅速轉身向我低叫，牠不懂我們面臨的困境。我無奈地皺皺眉頭，讓牠先走，轉身擋在牠的身前。

白衣少年手裡握著一個小巧的精鐵弩弓。他看我轉身，放下了正對著我的弩弓，打量著我。一旁的紫衣漢子指了指每匹駱駝臀上打的狼頭烙印，嘲笑道：「妳是瞎了眼，還是吃了熊心？居然敢打我們的主意？就連沙漠中的沙盜見了我們，也是有多遠避多遠。」

狼兄因為我不肯隨牠走，變得極其暴躁，卻仍然不肯獨自離去，一個縱躍跳到我身前，兇殘地盯著對面的人群，隨時準備一擊必殺。

對面的紫衣漢子打量了一眼狼兄，驚叫道：「那是狼，不是狼狗！」所有人聞言，面色立變，緊張地看向四周。沙漠裡的狼都是群體出現，一隻並不可怕，但如果是無數隻狼，甚至能讓小型軍隊滅亡。可今天他們白擔心了，因為我的大意，附近只有我和狼兄，若要召喚其他狼群還需要一段時間。

白衣少年對著狼兄舉起手中的弩弓，但眼睛卻盯著我。我忙閃身擋到狼兄身前，「請不要……傷害牠，是我……我想偷你們……的東西，不是牠。」

自從回到狼群，我除了偶爾偷聽一下商旅的談話，已經三年多沒有和人類說過話。雖然經常對著狼兄自言自語，可不知道因為緊張還是什麼，一句話說得斷斷續續。

白衣少年溫和地問：「就這一隻狼嗎？」

我心中暗恨，如果有，我還能讓你們對我問三問四？腦子裡快速合計著說真話還是假話，幾經權衡，覺得這個少年不好騙，而且女人的直覺告訴我，他早已猜到真相，如今的問話只是用來安撫他身邊的漢子們。

「只有……這一隻。」我的話音剛落，眾人的神色都放鬆下來，又都好奇詫異地看著狼兄和我，想不通為何我可以和狼共處。

白衣少年一面收起弩弓，一面說：「管好妳的狼。」

我點點頭，回身卻對狼兄暗示等我說攻擊再攻擊，又問少年：「你們要砍掉我的哪隻手？」我曾經聽商人談論企圖偷東西的人被捉住後，經常被砍手以示懲戒。

紫衣漢子問：「妳想偷什麼？」

我低頭看著自己身上破爛的裙子，想著白衣少年精緻的衣服，囁嚅道：「我想……我想……一條裙子。」

紫衣漢子吃驚地瞪大眼睛，不相信地質問：「就這個？」我又道：「還有鹽。」他冷聲說：「我們有幾百種方法讓妳說真話，妳最好……」

白衣少年打斷了他的話，「去把那套鄯善海子送的衣裙拿來，再把我們的鹽留夠今日用的量，剩下的都給她。」

紫衣漢子面色微變，張嘴說：「九爺……」少年看了他一眼，他立即低頭閉上嘴巴。不一會工夫，一個漢子捧著一套淺藍色衣裙給我，我傻傻地接過，又拿了一小罐鹽，怔怔看著白衣少年。

白衣少年淺笑著說：「我們一行人都是男子，沒有女子的衣裙，只有這一套，是經過樓蘭時一個朋友贈與我的，希望妳喜歡。」我摸著手中羊脂般的軟滑，這應該是最名貴的絲綢，覺得這份禮物未免太昂貴，有心拒絕，最終卻禁不住誘惑，不好意思地點點頭。

他微一頷首，「妳可以走了。」我愣了一下，向他行了個禮，招呼狼兄離去。一聲馬嘶從身後傳來，我氣得回身瞪了一眼，但拿人手軟，如今礙於牠的主人，肯定不能和牠計較。狼兄卻不管什麼人情面子，猛然一個轉身，全身毛髮盡張，仰天長長的呼嘯起來，嘯聲未盡，幾匹駱駝已軟倒在沙地裡，那匹馬兒雖沒有倒下，可也四腿直哆嗦。

我不禁放聲大笑，不給你個狼威，你還真以為自己是沙漠裡的大王？統御幾萬隻狼的狼王，豈是你惹得起的？

許是被我肆無忌憚的爽朗笑聲驚住，白衣少年神情微怔，定定看著我。我被他看得臉上一紅，忙收住了笑聲，他也立即移開眼光，讚嘆地看著狼兄，「這匹馬雖不是汗血寶馬，可也是萬中選一的良駒，據說可獨力鬥虎豹，看來全是虛言。」

我歉然地道：「虛言倒是未必，尋常虎豹是不能和我的狼兄相比的。」說完趕緊催狼兄走，我看牠對那匹萬中選一的良駒很有興趣的樣子，再不走不知要出什麼亂子。

待走遠了，我回頭看他們，黃沙碧水旁的那襲白衣，似乎也成了沙漠中一道難忘的風景。我不知他是否能看見我，卻仍舊用力地向他揮了揮手，這才隱入沙山間。

◈ ◈ ◈

篝火旁只有我和狼兄，別的狼都因為畏懼火而遠遠躲著。狼兄最初也怕火，後來我教牠慢慢適應火，其他狼卻沒有這個勇氣。我強迫狼一、狼二牠們在篝火旁臥下，不但從沒有成功，反倒我摧殘狼兒的惡行在狼群中廣為流傳，成為狼媽媽嚇唬晚上不肯睡覺的小狼的法寶。一提起要把牠們交給我，再刁鑽淘氣的小狼也立即畏懼地乖乖趴下。

我攤開整條裙子仔細看著，不知道是用什麼植物染色才有這夢幻般的藍。它的手工極其精緻，衣袖邊密密繡著朵朵流雲。一條綴著小珍珠的流蘇腰帶，行走時珍珠流蘇能襯得腰身搖曳生姿。樓蘭女子終年以紗巾覆面，所以還有一條同色的薄紗遮面絲巾，邊角一圈滾圓的大珍珠正好固定在髮上，渾然天成的別緻頭飾。

我側頭看著狼兄，問道：「這衣裙是不是太貴重了？你說那個九爺為什麼會給陌生人這麼貴重的東西？這麼多年，我竟然還是改不了一見美麗東西就無法拒絕的毛病……」狼兄早已習慣我的喋喋不休，安然地閉著眼繼續睡覺，無視我的存在。

我揪了下牠的耳朵，牠卻一動不動，我只好收起自己的囉嗦，靠在牠身邊慢慢沉入夢鄉。

◈ ◈ ◈

又到滿月的日子。我一直困惑於狼對月亮的感情，牠們每到這個時候總是分外激動，有的狼甚至能對著月亮吼叫整個晚上。而此刻大漠中一片鬼哭狼嚎，膽小點的旅人，今夜恐怕要失眠了。

黑藍天幕，月華如水傾瀉而下，落在無邊無際、連綿起伏的大漠，柔和地泛著銀白的光。我穿著我最貴重的裙子，與狼兄漫步在沙漠中。

藍色的裙裾隨著我的步伐飄飄蕩蕩、起起伏伏，用珍珠髮箍束於腦後的萬千青絲與紗巾在風中飛揚。我脫去鞋子，赤腳踏在仍有餘溫的細沙上，溫暖從足心傳到心裡。極目能看到天的無窮盡，瞬間我感覺這個天地彷彿都屬於我，我可以自由翱翔其間。我忍不住仰頭看著月亮長嘯起來，狼兄立即與我應和，茫茫夜色中無數隻狼也長嘯呼應。

我想我有點明白狼兒在今夜的特異了。月亮屬於我們，沙漠屬於我們，孤獨、驕傲、悲傷、寂寥，都在那一聲聲對月的長嘯中。

我和狼兄登上一個已經風化得千瘡百孔的土墩高處，牠昂然立著，俯瞰整片沙漠。牠是這片土地的王者，正審視屬於牠的一切。我雖有滿腹感慨，卻不願打擾牠此時的心情，遂靜靜立在牠身後，仰頭欣賞月亮。

狼兄低叫了一聲，我忙向遠處望去，但我目力不如牠，耳力不如牠，看不到也聽不到牠所說的異常，除了狼兒嘯聲傳遞的資訊，對我而言那仍是一片美麗安靜的夜色。

過了一會兒，我漸漸能聽出藏在夜色中的聲響，越來越近，好似上千匹馬在奔騰。我漸漸看得分明，果然如狼兄所言，夜色中大概十幾個人的商旅隊伍在前面疾馳，後面一、二百人在追逐，看上去不是軍隊，應該是沙盜。

漫天黃沙，馬蹄得得，月色也黯淡了許多。狼兄對遠處的人群顯然很厭煩，因為他們破壞了這個屬於狼群的夜晚，但牠不願爭鬥，搖晃下腦袋趴了下來。狼群有狼群的生存規則，除了自保，不到食物極缺乏，狼是盡量避免攻擊人。不是懼怕，只是一種避免麻煩的生存方式。

我穿好鞋子，戴上面紗，坐下來看著遠處結局早已註定的廝殺。據說被沙盜盯上是不死不休，何況力量如此懸殊的爭鬥。前方商旅隊伍已有兩人被砍落下馬，緊跟而至的馬蹄踏過他們的屍身，繼續呼嘯向前。

突然一匹馬的腿被沙盜們飛旋而出的刀砍斷，鮮血飛濺中，馬兒搖晃著前衝然後跪倒在地，馬背上的人被摔落，眼看要被後面的馬蹄踐踏而死，前方一人猛然勒馬迴旋，拉起落馬的人繼續向前急馳，但速度明顯慢了下來。被救的那人掙扎著要跳下馬，救他的人似乎對此很不耐煩，一揮手砍向那人後頸，對方立即暈厥趴下了。

我的眼前似乎蒙上一層氤氳血色，鼻端彷彿聞到絲絲腥甜。三年前的漫天馬蹄聲，再次迴響在耳邊。我忍不住站起來，眼睛空茫地看著下方。

◈ ◈ ◈

於單和我騎著整個匈奴部族最好的馬，逃了兩天兩夜，卻仍舊沒有避開追兵，逃到中原。於單的護衛一個個死去，最後只剩下我們。我有些害怕地想，我們很快也會掉下馬，不知道那些馬蹄踏在身上痛不痛。伊稚斜真的要殺阿爹和我們嗎？如果他殺了阿爹，我會恨他的。

「玉謹，我用刀刺馬屁股一下，馬會跑得很快。等我們甩開追兵一段後，我就放妳下馬，妳自己逃。妳小時候不是在這片荒漠中做過狼嗎？這次妳重新做狼，一定要避開身後的獵人。」

「你呢？阿爹說要我們一起逃到中原。」

「我有馬呢！肯定跑得比妳快，等我到了中原，我就來接妳。」於單笑容依舊燦爛，我望著他的笑容，卻忽地害怕起來，搖頭再搖頭。

於單強把我丟下馬，我在沙漠中跑著追他，帶著哭音高喊：「不要丟下我，我們一起逃。」

他回身哀求道：「玉謹，就聽我一次話好不好？就聽一次，我一定會來接妳的，趕緊跑！」

我呆呆看了他一會，深吸口氣，用力點了下頭，轉身瘋了似地跑，身後於單策馬與我反方向而行。回頭時，只見蒼茫夜色中兩人隔得越來越遠。他回身看向我，笑著揮了揮手，最終我們各自消失在大漠中。

我只記得馬兒跑得快，可忘了那是已經跑了兩天兩夜、屁股上不停流血的馬，再快又能堅持多久？還有那血腥氣，不知我已獨自逃跑的追兵勢必被引得只會追他。

◈ ◈ ◈

沙盜對這個遊戲的興趣好像越來越大，竟不再砍殺任何人，只是慢慢從兩邊衝出，開始包圍商隊。眼見包圍圈慢慢合攏，我猛然拿定主意，這次我非要扭轉上天註定的命運。

我看了眼狼兄，對著前方發出一聲狼嘯。狼兄抖了抖身子，緩緩立起，微昂著脖子，嘯聲漸高亢，召喚著牠的子民。

剎那間，茫茫曠野裡狼嘯紛紛而起，一隻隻狼出現在或高或低的沙丘、殘壁上。越來越多，夜色中一雙雙閃爍著綠光的眼睛，彷彿點燃了通向地獄的引路燈。

不知道沙盜們屬於哪個民族，大吼著我聽不懂的話，立即放棄追擊商旅，開始急速向一方匯聚。一百多人一圈圈的圍起，尋找可以逃生的路口，可四周全是狼，狼群遙遙盯著他們，他們也不敢貿然攻擊狼群。生活在沙漠裡的沙盜又被稱為狼盜，他們應該很了解一場不死不休的追逐是多麼可怕。

商隊也迅速靠攏，雖然弱小，但他們有極其堅強的求生意志。

我開始懷疑自己的判斷，旁邊是沙漠中令人聞風喪膽的沙盜，四周是上萬隻的狼，一般商旅在面對這樣的情形時，隊伍還能如此整齊？

狼群的嘯聲已停，沙盜們也沒有再大吼大叫，靜謐的夜色中透著幾絲滑稽，真正人生無常！沙盜這麼快就從捕獵者的角色成為被獵者。我估計他們想到該用火了，可惜附近沒有樹木，即使隨身攜帶火把，那點螢火之光也衝不出狼群。

沙盜逐漸點起火把，我拍了拍狼兄，「估計他們沒有興趣再追殺人了，讓狼群散開一條路放他們走。」狼兄威風擺夠，先前因他們而起的不快也已消散，於是沒什麼異議地呼嘯一聲，命狼群散開一條路。

原本混亂中沒有人注意藏在高處的我們，這會狼兄的呼嘯聲在安靜中響起，所有人立即望向我們。狼兄大搖大擺地向前走了幾步，立在斷壁前，高傲地俯瞰著人群，根根聳立如針的銀毛在月下散發著一層光，氣勢非凡。

我氣得踢了牠一腳，又開始炫耀了。唉！今夜不知道又有多少母狼的芳心要破碎在這裡。

此時狼群已經讓開一條道路，沙盜呆呆愣愣居然全無動靜，一會仰看著我們，一會又盯著那條沒有狼群的道路，不知道是在研判我和狼兄，還是在研判那條路是否安全。

我不耐煩起來，也不管他們是否聽得懂漢語，大叫道：「已經給了你們生路，還不走？」

沙盜們沉默了一瞬，猛然揮舞馬刀大叫起來，跳下馬向我們跪拜。我愣了一下又迅即釋然，沙盜們雖然怕狼，可也崇拜狼的力量、殘忍和堅韌。他們自稱狼盜，也許狼就是他們的精神圖騰。他們叩拜完又迅速跳上馬，沿著沒有狼的道路遠遁而去。

待滾滾煙塵消散，我長嘯著讓下面的狼群想做什麼就繼續，夜色還未過半，悲傷的繼續悲傷，高興的仍舊高興，談情說愛的也請繼續，全當我沒有打擾過。不過狼群對我可不像對狼兄那麼客氣，齊齊噓了我一聲，又朝我齜牙咧嘴一番才各自散去。聽在人類耳裡，又是一陣鬼哭狼嚎。

我看了眼底下的商旅，沒什麼心思與他們說話，招呼狼兄離去。可剛跳躍下土墩沒走多遠，身後馬蹄急急，「多謝姑娘救命之恩。」我回身微點了下頭，只想快跑甩開他們。

「姑娘，請等等！我們被沙盜追趕，已經迷失方向，還請姑娘再指點我們一條路。」

他們如此說著，我也只能先請狼兄停下。他們的馬離著狼兄老遠就踢著腿嘶鳴，死活不肯再多走一步，我讓狼兄留在原地，收斂身上的霸氣，也斂去自己身上狼的氣息，向他們走去。他們立即紛紛下馬，大概因為我穿著樓蘭服飾，為了表示對我的尊敬，他們向我行了一個樓蘭的見面禮，又用樓蘭語向我問好。

我摘下面紗，「我雖然穿著樓蘭服裝，可不是樓蘭人，樓蘭語我聽不懂。」

一個男子問道：「妳是漢人？」

我躊躇了一下。我是嗎？阿爹說過他的女兒自然是漢人，那麼我應該是漢人了，便點了點頭。

一個聲音在眾人身後響起，「我們是從長安來購買香料的商隊，不知姑娘是從哪裡來？」循聲望去，我認出他就是那個救人的人。

沒想到那人只是一個年紀十六、七歲的少年，身姿挺拔如蒼松，氣勢剛健似驕陽，劍眉下一雙璀璨如寒星的雙眸，正充滿探究地盯著我，臉上帶著一抹似乎什麼都不在乎的笑。我避開他刀鋒般銳利的目光，低頭看向地面。

他感覺到我的不悅，卻仍舊毫不在意地盯著我。旁邊一個中年男子忙上前幾步，陪笑道：「大恩難言謝，姑娘衣飾華貴，氣宇超脫，本不敢用俗物褻瀆，但我們正好有一副珍珠耳墜，堪堪可配姑娘的衣裙，望姑娘笑納。」一面說著，他已經雙手捧著一個小錦盒送到我面前。

我搖搖頭，「我要這個沒用。你們若有女子的衣裙，倒是可以給我一套。」見幾個男人面面相覷，我道：「沒有就算了，你們想去哪裡？」

中年男子道：「我們想去敦煌城，從那裡返回長安。」

我微一沉吟，道：「從此處到鳴沙山月牙泉要四天的路程，我只能領你們到那裡。」

眾人聞言都臉現憂色，只有那個少年依舊嘴角含著那抹滿不在乎的笑。中年男子問：「從月牙泉進敦煌城的路我們認得，但有近路嗎？我們的駱駝已被沙盜追擊劫去，大部分的食物和水也丟了，如果不快點，我怕我們僅餘的水支撐不到月牙泉。」

「我說的天數是我的速度，你們有馬，應該能快一、二天。」聞言，他們神色立即緩和許多。

他們決定先休整，待恢復被沙盜追擊一天一夜所流失的體力再上路。徵詢我的意見時，我道：「我整天都在沙漠中遊蕩，沒什麼事情，隨便你們安排。」心中卻暗驚，這麼幾個人居然能被沙盜追擊一天一夜，如果不是沙盜占了地利，雙方還真難說誰輸誰贏。

我吩咐狼兄先行離去，但求牠派幾隻狼偷偷跟著我。狼兄對我與人類牽扯不清微有困惑，卻只是舔了下我的手，小步跑著優雅地離開。

商隊拿出了食物和水席地而坐，我離他們一段距離，抱膝坐在沙丘上。人雖多，卻一直保持著一種尷尬的沉默，我判定他們並非普通商隊，但和我沒什麼關係，所以懶得刺探他們究竟是什麼人。而他們對我也頗多忌諱，不知道是因為我與狼在一起，還是因為我身分可疑，一個穿著華貴樓蘭服飾，在沙漠中出沒且自稱是漢人的女子，卻說不出自己來自何方。

先前要送我珍珠耳墜的中年人笑著走到我身前，遞給我一個麵餅。聞著噴香的孜然味，我不禁嚥了口口水，不好意思地接過，「謝謝大叔。」

中年人笑道：「該道謝的是我們，叫我陳叔就可以。」一面指著各人向我介紹：「這是王伯，這是土柱子，這是……」他把所有人都向我介紹了一遍，最後才看向坐在眾人前頭，一言不發的少年，微微躊躇著沒有立即說話。

我納悶地看向少年，他嘴角露了一絲笑意道：「叫我小霍。」

我看大家都笑瞇瞇地看著我，側頭想了下說：「我叫玉……我叫金玉，你們可以叫我阿玉。」除了上次在月牙泉邊偶遇那個九爺，我已經三年多沒有和人群打過交道。名字脫口而出的剎那，我決定給自己取一個新名字，從今後沒有玉謹，只有謹玉，金玉。

休息後，商隊準備上路，他們讓兩個身形較小的人合騎一匹馬，準備了一匹馬給我。

「我不會騎馬。」

十幾個人聞言都沉默地看著我。小霍想了想，無所謂地說：「妳和我同騎一匹馬吧！」他話出口，眾人都緊張地盯著我瞧。

我微微猶豫了下，點點頭。眾人臉上的凝重之色方散，彼此高興地對視，隨即又有些歉然地看著我。西域雖然民風開放，可陌生男女共乘一騎依舊罕見。小霍神色坦然，只是笑著向我行了一禮，「多謝阿玉姑娘！」

小霍上馬後，伸手拉我上馬。我握住他的手，心中暗想這是一雙常年握韁繩和兵刃的手，粗糙的繭子透著一股剛硬強悍，而且從他的繭結位置判斷，他應該練習過很多年的箭術。我坐在他身後，兩人身體都挺得筆直，馬一動不動，別人偷眼看我們，卻不好相催，只在前面打馬慢行。

他道：「我們這樣可不成，我一策馬，妳非跌下去不可。」他的聲音雖然輕快，可他的背脊卻出賣了他，透著一點緊張。我暗笑起來，心裡的尷尬全化作了嘲弄，原來他並非如他所表現的那樣事事鎮定。

我稍微往前挪了挪，伸手抓住他腰身兩側的衣服道：「可以了。」他立即縱馬直奔，眾人迅速跟上。

跑了一會，他忽地低聲道：「妳要再想個法子，我衣服再這麼被妳扯下去，我要赤膊進敦煌城了。」

其實我早就發覺他的衣服被我抓得直往下滑，可我想看看他會怎麼辦，因此只是暗暗做好被甩下馬的準備。我壓著笑意道：「為什麼要我想？你幹嘛不想？」

他低聲笑道：「辦法我自然是有的，不過說出來倒似我欺負妳，所以妳可有更好的方法？」

「我沒什麼好主意。說說你的法子，可行自然照辦，不可行那你就赤膊吧！」

他一言未發，卻突然回手一扯我胳膊放在他腰上。我對馬性不熟，不敢劇烈掙扎，被他一帶，整個身子往前一撲，恰貼在他背上。此時一隻胳膊被他帶著，還摟著他腰，隨著馬兒的顛簸肢體相蹭，兩人的姿勢說多曖昧有多曖昧。

我的耳朵似燒了起來，有些羞，更是怒，扶著他的腰坐直了身子，「你們長安人就是這麼對救命恩人的嗎？」

他滿不在乎地道：「總比讓妳摔下馬好些。」我欲反駁他，卻找不到合適的理由，冷哼了一聲，只得沉默地坐著，可心裡怒氣難消，手上忍不住加重力氣狠狠掐他的腰。他恍若未覺，只是專心策馬。

我鼓著腮幫子想，這人倒是挺能忍疼。時間長了，自己覺得有些不好意思，又慢慢鬆了勁。再次與人共乘一騎，我的心思有些恍惚，昨日又整夜未睡，時間一長，竟如小時候般下意識抱著小霍的腰，趴在他的背上迷迷糊糊睡著了。驀然驚醒時，我從臉頰直燒到脖子，立即直起身子想放開他。小霍似猜到我的心思，一把穩住我的手，「小心掉下去。」

我強壓著羞赧，裝作若無其事地鬆鬆扶著他的手，心中卻多了幾分說不清道不明的滋味。縱馬快馳了一整日方下馬休息，小霍看我低著頭一直不說話，坐到我身邊低聲笑道：「我看妳是個很警覺的人，怎麼對我這麼相信？妳不怕我把妳拉去賣了？」

我的臉又燙起來，瞪了他一眼，起身另找了塊地方坐下。

說也奇怪，雖然明知他的身分有問題，可我偏偏不覺得他會害我。總覺得以這個人的高傲，絕對不屑於用陰險手段。

他拿著食物又坐到我身旁，默默遞給我幾塊分好的麵餅。我瞥了他一眼，沉默地接過餅。不知何時，他眼中原有的幾分警惕已消失，此時只有笑意。

大概是思鄉情切，商隊中的人講起長安城，細緻地描繪長安的盛世繁華，那裡的街道是多麼寬大整潔，那裡的屋宇是多麼巧奪天工，那裡的集市是多麼熱鬧有趣，那裡有最有才華的才子，最嫵媚動人的歌舞伎，最英勇的將軍，最高貴的仕女，最香醇的酒，最好吃的食物，世上最好的東西都可以在那裡尋得。

我呆呆聽著，心情感到奇怪與複雜。那裡的一切對我而言，熟悉又陌生。如果一切照阿爹所想，也許我現在是和阿爹在長安城，而不是獨自流浪在沙漠戈壁。

人多時，小霍很少說話，總是沉默地聽著其他人描繪，最後兩人在馬背上時才對我道：「他們說的都是長安城光鮮亮麗的一面，並不是每個人都能享受他們口中的一切。」我「嗯」了一聲，表示明白。

兩天後，我們在月牙泉邊揮手道別。我因為有了新的想法，當他們再次向我道謝時，我大大方方提出如果他們路費寬裕，能否給我一些銀子作為領路的酬謝。

小霍一愣，揚眉笑著給了我一袋銀子，躊躇著想說些什麼，最終卻放棄了。他極其認真地道：「長安對妳而言，不比西域，妳一切小心。」

我點點頭，拿著自己掙來的銀子離去。

走出老遠，我終於沒有忍住回頭望去。本以為只能看到離去的背影，沒想到他居然沒有離開，猶騎在馬上遙遙目送著我。猝不及防間兩人目光相撞，他臉上驀地一絲驚喜，我心中一顫，趕緊扭頭匆匆向前奔去。

◈ ◈ ◈

自從和小霍他們的商隊分別後，我跟著狼群從戈壁到草原，從草原到沙漠，夜晚卻時時捧著那一袋銀子發呆。

我留戀著狼兄牠們，也捨不得這裡的黃沙、綠地和胡楊林，可是我難道在這裡與狼群生活一輩子嗎？正如阿爹所說，我畢竟是人，已經不可能做一隻真正的狼了。

幾經琢磨，我決定離開。狼兄的狼生正波瀾起伏，前方還有無數的挑戰，一個也許是西域狼史上最大的王國正等著牠。可我的人生才剛開始，我的生命來之不易，不管前方是酸是甜，是苦是辣，我都要去試一試。

正如那些牧歌所唱：「寶刀不磨不利，嗓子不唱不亮。」沒有經歷的人生如同失去繁星的夜空，又該是多麼暗淡。我要去看看長安城，看看阿爹口中的大漢朝，也許，我可以做阿爹心中美麗的漢家女。

第三章

重逢

一個青衣男子正迎著太陽而坐，一隻白鴿臥在他膝上，
腳邊放著一個炭爐，上面的水不知滾了多久，
水汽一大團一大團地逸出，
在寒冷中迅速凝成煙霧，讓他靜坐不動的身影變得有些飄忽。
不管是在大漠還是在長安城，但凡有他在的地方，
再平凡的景致也會成為一道風景，讓人一見難忘。

我在敦煌城付了足夠的銀子，一個往長安的商隊答應帶我同行。我帶著全部家當和其他四個人擠在一輛馬車上，所謂家當不過是那套樓蘭衣裙。

阿爹曾給我講過很多長安城的景致，我想像過無數次長安城的面貌，可是仍然被它的恢宏莊嚴震懾。目測眼前的道路，寬約十五丈，路面用水溝間隔成三股，中段寬六、七丈，兩側各約四丈。剛進城時，駕車的漢子滿臉自豪地告訴我，中間是天子御道，兩側則供官吏和平民行走。

放眼所及，美輪美奐的宅第櫛比鱗次，屋簷似乎能連到天邊，道路兩側栽植槐榆、松柏等各種

樹木，鬱鬱蔥蔥，枝繁葉茂，為這座皇城平添了幾分柔美。

我抱著包袱沿街道走著，沉浸在初見長安城的興奮中，一個屋角、一座拱橋都讓我驚嘆不已。我想我開始有些明白阿爹的感情了，從小看慣這樣精緻繁麗的人，只怕很難愛上「簡陋」的帳篷和四周不是牛就是羊的地方。

不知走了多久，直到天色轉暗，我才意識到該找地方歇息。雖然選擇了最便宜的客棧，可手裡的銀子也只夠住十幾日。我在菜油燈下仔細地點了兩遍銀子後，忍不住懷念在西域不用花錢的日子。以後我該如何維生？

正在燈下發呆，猛然想起菜油燈是要另收油錢的，趕忙收好東西熄燈睡覺。黑暗中，發了一會愁，我又忽地笑起來。長安城那麼大，能養活那麼多人，難道我比別人差？我有手有腳難道還會餓死？真是杞人憂天！

可是當我在長安城轉了三圈後，我開始懷疑我真能養活自己嗎？奴婢、歌舞妓這些都要賣身，我肯定不會讓別人主宰我的生活。刺繡製衣是女子該會的事，我竟然都不會，最麻煩的是我沒有保人，雖說我會算帳，工錢又只要別人的三分之一，可是當那個精明的老闆娘問我是否有長安城中的人為我作保，我的搖頭，讓她非常遺憾地拒絕了我。他們不能雇傭一個不知道底細的人。

我試圖找過小霍他們，想著至少他們能給我作保，可一一詢問過商家，全都說沒見過這樣的香料商人。無奈之下，我有點埋怨，小霍果然騙了我。

九九重陽佳節近，有店鋪已經在門口插上茱萸，賣花的攤子也擺上了茱萸，酒肆的菊花酒一甕

甕疊在店外吸引往來者的注意。人人都沉浸在節日的喜悅中，而我已身無分文，自昨日起就沒吃過一口東西，今晚也不知棲身何處。

空氣中辛辣的茱萸氣，雅淡的菊花香，人們臉上的喜色，這一切都與我不相關，我在人來人往的繁華街道獨自一人。

我抱著包袱向城外走去。西邊有一片白樺林，今夜我打算留宿在那裡，至少可以生火暖和一些，運氣好還可以逮到一隻兔子什麼的。露宿野外對我來說是家常便飯，可餓肚子實在不好受。心情沮喪時，我曾想過是否來錯此行，琢磨著把包袱裡那套樓蘭衣裙當掉換錢回西域。可轉念一想又覺得十分不甘心，阿爹恐怕怎麼也不會想到自己悉心調教的漢家女兒，居然會在長安城中活不下去。

到了白樺林，發現與我想法相同的人不少，很多乞丐都在這休息，三五成群地圍在篝火前吃東西聊天。

我默默穿梭在一堆堆篝火間，飯菜的香氣讓我的肚子開始發疼。我看中一株大樹，正準備今夜在此睡下，篝火旁的一個乞丐已跳起來破口大罵：「死丫頭，妳懂不懂規矩？那是妳爺爺的地盤！」

我轉身怒盯著他，他又沒有像狼一樣撒尿標示自己的勢力範圍，即使我無意冒犯了，也不必口出惡言。可想了想，我何必和他一個渾人計較，遂低頭走開，另覓他處。

他身旁的漢子不懷好意地盯著我，舔了下嘴唇道：「丫頭，那一片都有人占了，不過妳若肯給爺唱首曲子，說不準爺一開心就讓點地方給妳，讓妳和爺同睡。」一群乞丐鬨然大笑。

我轉身看向他們，正準備蹲下身拔出藏在小腿處的匕首，一個小乞丐捧著一壺酒大剌剌走到三個潑皮前，隨意地說：「癩頭，小爺今日運氣好，從一品居討了壺上好的菊花酒。」

幾個乞丐聞言，轉而盯向他手中的酒壺。最初罵我的乞丐呵呵笑道：「你小子人不大，鬼機靈不少，這裡的乞丐誰都比不上你。」

小乞丐大馬金刀地坐下，隨手把酒壺遞給他，「你們也喝點，別給小爺客氣，爺們幾個今日也樂樂，學老爺們過過節。」三個乞丐頓時眉目舒展，臉上彷彿發著油光，吆三喝四地划拳飲酒，完全忘記我的存在。

一個頭髮花白的老乞丐走到我身邊道：「閨女，人這一輩子，沒有過不了的坎，也沒有受不了的氣。他們說話都是有口無心，妳也莫往心裡去。妳若不嫌棄，陪我這個老頭子去烤烤火。」

這幾日我飽嘗人情冷暖，幾句溫和的話讓我戾氣盡消。我咬著嘴唇點點頭，隨著老乞丐走向篝火堆，他笑眯眯地從袋子裡摸了兩個饅頭出來，放在火上烤，又四處打量了會，看沒有人注意便把一個葫蘆遞給我：「先喝口菊花酒，暖暖身子，饅頭過會就好。」

我遲疑著沒有伸手，有錢人的一袋金子也不見得如何，可乞丐手中的食物卻比金子更昂貴。老乞丐板著臉，「妳嫌這是乞丐的東西？」見我搖搖頭，他又道：「妳是怕酒勁大？放心，這是一品居專為重陽節釀造的菊花酒，適合全家老小一塊飲，味道甘醇，酒勁卻不大。」

「我們非親非故，剛才那位小兄弟替我解圍，我已經感激不盡。」

老乞丐仔細打量了我一眼，笑道：「這世上誰沒有個三災五難？就是皇帝還要宰相幫呢！」說著硬將葫蘆塞到我手中，我握著酒壺低聲道：「謝謝爺爺。」

爺爺一面將烤好的饅頭遞給我，一面低笑著說：「狗娃子的便宜哪有那麼容易占的，那壺酒是摻了水的。」

夜裡翻來覆去卻總是睡不著。狗娃子後來對我講，如果我不怕苦，可以去敲門詢問是否要人洗衣，因為他曾見過有婦女敲門收衣服洗。力氣我是有的，苦也不怕，只要能養活自己。我心中默默祈求明天能有好運氣。

◈ ◈ ◈

天剛亮我就進城去碰運氣，進了城才記起，走時急匆匆，竟把包袱忘在老爺爺和狗娃子那裡。繼而一想，裡面值錢的也就一套衣裙，反正他們都是值得信賴的人，晚上又說好要回去，目前最緊要的是找一份事情做。

敲一家門，一家拒絕，後來一個好心的大娘告訴我，洗衣服也都是熟人來收著洗，並非隨意給陌生人洗。我不死心地仍舊敲著一家又一家。

「我們院內的衣服有人洗。」身形魁梧的漢子揮手讓我離開。

「那有別的雜活嗎？我也能幹，只要給頓飽飯就可以。」

一個打扮妖嬈的女子正要出門，經過時聽到我這樣問，那漢子未出聲，女子卻頓住腳步，上下打量我，微微思量了會問道：「妳是外地人？」我點點頭。

她問：「來了多久了？長安話說得可真好，居然聽不出外地口音。」

我為了那可能的工作機會，老實回道：「大半個月了，我學話學得快。」

女子驚訝地點點頭：「看來是個聰明人。在長安沒有親戚熟人嗎？」我苦笑著搖搖頭，她笑著說：「也是，若有親戚朋友怎會落到這步田地。這樣吧！妳幫忙把院子打掃乾淨，我就給妳幾個包子吃。妳可願意？」

我大喜，用力點頭道：「謝謝夫人。」

她笑說：「叫我紅姑就好了。幹得好，說不準日後見面的日子長著呢！」

我幹完活，紅姑笑誇我手腳麻利，端了碟包子放在桌上，又給我一杯熱茶。我從早上到現在一點東西也沒吃，早已餓得前胸貼後背，忙抓起一個吃起來。紅姑在一旁笑嘻嘻地看我吃，有一句沒一句地問著我話。

吃到半飽時，想著狗娃子和乞丐爺爺，我問紅姑：「我可以把剩下的包子帶走嗎？」

紅姑臉上掠過一絲驚色，「怎麼了？」

我道：「我想留著晚上餓了再吃。」

她釋然地笑笑，「隨妳！先喝幾口熱茶，我讓人替妳包好。」

我喝了幾口茶，忽覺得不對，頭開始暈，手腳也有些發軟。我心中明白著了道，裝作不經意地站起，「我爺爺還等著我回去，包子如果包好了，我就先走了。」

紅姑也站起來笑道：「那妳慢走，我就不送了。」

我向外急步行去，門口立著兩個大漢，我二話不說立即拔出匕首，身子卻已是踉蹌欲倒。紅姑倚著門框笑著說：「累了就在我這裡歇歇吧！估計妳也沒什麼爺爺等著，著什麼急呢？」

兩個大漢走過來，我眼前一黑，手中的匕首被他們奪去，人摔倒在地，昏迷前聽到紅姑說：「好個伶俐的丫頭！只怕她是練家子，吃了立倒的迷藥卻這麼久才暈。你們再給她灌點，把人給我看牢了，否則小心你們的皮！」

不知道昏迷了多久，當我清醒時，發覺還有另外一個女孩與我關在一起，容貌清秀，氣質嫻靜。她看我醒來，忙倒了杯水遞給我。我靜靜盯著她，沒有接她手中的杯子。

她眼眶一紅，「這水裡沒有下藥，何況也沒有這個必要。這裡看守很嚴，妳逃不出去。」

我道：「我不渴。」她轉身將杯子放回桌子，又縮回對面的榻上。

我活動了一下，正常行動沒有問題，可四肢仍然使不上力氣，看來他們還給我下了別的藥。

安靜地坐了會，理清腦中思緒，我向對面的女孩子道：「我叫金玉，被一個叫紅姑的人下了迷藥，妳呢？」

她道：「我叫方茹，是被我後母賣到這裡的。」說著她的眼淚已經在眼眶裡打轉。

我顧不上安慰她的情緒，趕著問道：「妳知道這是什麼地方嗎？他們為什麼要把我弄來？」

方茹眼淚紛紛而落，哽咽著道：「這裡是落玉坊，是長安城中頗有名氣的歌舞坊，拐了妳肯定是因為妳長得美。」

我聞言，不知道該喜該憂。從身上長滿絨毛的狼孩到如今的窈窕少女，阿爹費的心思終於得到認可，而且是像紅姑這般妖嬈的女子，原來我的美麗也有資格做紅顏禍水。可我還沒有去禍害別人，就先把自己禍害了。如果能像妹喜、妲己、褒姒那樣，吃吃喝喝、談情說愛一番，最後還讓整個國家為她們殉葬，說我是禍害我也認了，可我這算什麼？

我問道：「他們是要我們出賣身體嗎？」

方茹道：「這裡是歌舞坊，不是娼妓坊，這裡的姑娘只賣歌舞才藝。可說是這麼說，只要有人出足夠的錢或者碰上有些權勢的人，妳即使不願仍難逃厄運。除非有人為妳贖身，或者妳的歌舞技藝出眾，地位特殊，長安城中最出色的藝人甚至可以出入皇宮。」

我搖頭苦笑，正想再問她一些事情，門突然打開，兩個大漢走進來。方茹立即哭叫道：「我不去，我不去！」

紅姑腰身輕擺，步步生姿地走進來，嬌媚無限地笑道：「這都尋死覓活了多少回？打也沒少挨，怎麼還不長記性呢？今日由不得妳，好生裝扮，去跟姐妹們學著點。」說完對兩個大漢使了個眼色，大漢立即拖著方茹向外行去。

方茹雙手亂揮，盡可能抓住一切伸手可及的東西，彷彿這樣就可以改變她的命運，卻一點用處也沒有。被褥隨著她滑下了床，又被大漢從她手中抽出；門框只留下了五道淺淺的指甲印，她的手最終力盡鬆脫。

我一眨不眨地看著眼前一幕。紅姑上下打量著我，嘖嘖稱奇：「妳應該知道這是什麼地方了，倒是不驚不怕也不哭不鬧，妳是認命了呢？還是別有心思？」

我沉默了一會道：「怕有用嗎？哭有用嗎？驚恐和眼淚能讓妳放我走嗎？只怕換來的是一頓皮鞭或刑罰。既然結果都一樣，那我至少可以選一條痛苦少點的路。以後我願意聽妳的吩咐。」

紅姑愣了一瞬，微瞇雙眼盯著我，「妳見過不小心掉到水裡的人嗎？他們因為不會游水而驚慌，掙扎著想浮出水面，可實際是越掙扎沉得越快。他們往往不是被淹死的，而是嗆水嗆死的。如果他們肯放鬆身體，即使不會游水的人也可以浮在水面。更可笑的是，很多落水者根本離岸邊很近，往往憋著一口氣就能走回岸邊。」

我與紅姑對視半晌，兩人唇邊都帶出一絲笑意，只是各自含義不同。她纖纖玉指理了下鬢角，「妳叫什麼名字？」

「金玉。」

紅姑點了下頭，「回頭我讓丫頭帶妳到自己房中，想要什麼可以和她說。眼下我還有事。」說著嫵媚地轉身離去，走了幾步又停下來，側頭道：「其實我算是救了妳一命。如果不是我，妳要嘛最後餓死街頭，要嘛乞討為生，可妳的容貌肯定讓妳逃不了厄運，那才是真的污穢骯髒。」說完不再理會我，逕自扭腰離去。

我學跳舞，學唱曲，學吹笛，甚至學刺繡。歌舞對我而言最容易，匈奴人性格熱烈奔放，喜愛歌舞，我自小圍著篝火跳了千百回，又得過匈奴王宮中最優秀的舞伎指點，雖然和漢人舞蹈姿態不同，但道理相通，反倒是笛子、刺繡讓我很是費力。

不知道別的女孩子如何看待這些，我自己卻是慢慢學出味道，常常獨自一人時也嗚嗚咽咽練著笛子。尤其是夜色下，我喜歡對著月亮吹笛子，無奈至今卻連一支曲子都吹不全，說是笛聲，不如說是鬼哭。可我很能自得其樂，總想著不知道狼兄可會喜歡，將來我會在滿月時吹給牠聽。

坊裡的姑娘和紅姑抱怨了好多次，紅姑卻一味地偏袒我，甚至痛罵了一番告狀的人，說她們若有我一半勤勉，早就紅透長安城。按理說我該厭惡紅姑，可這人容貌明豔，性格精明卻不小氣，說話時又透著一股引人深思的味道，我實在是討厭不起來。

◈ ◈ ◈

日子不留痕跡地滑過，當我能勉強吹一曲《白頭吟》時，新的一年已經快要到了。新年是屬於家族親人的節日，就是最風流的男子這時也要回家團圓，於是一直歌舞不休的園子突然冷清起來。

或許正因這份冷清，一屋子無親無故或有親人等於沒有的女子們越發要把年過得熱鬧，不知是在說服自己還是證明給他人看，就連彷彿早看透了世情的紅姑也是如此，錢財大把地花，裡裡外外幾進屋子布置得紅紅綠綠，說不上好看，卻絕對夠熱鬧，夠喜氣。

三十晚上，紅姑當著我的面，大聲吩咐護院鎖緊門窗、守好院門，又命婆子燒暖屋子，召集坊裡二十幾個姑娘圍坐在大榻上，擺好菜餚，行酒令喝酒。眾人或因為高興，或因為難過，個個喝起酒來都有些拚命，連一向鬱鬱寡歡、不甚合群的方茹也是逢酒必乾，毫不推辭。

我本就沒有酒量，喝的又是後勁極足的高粱酒，三、五杯下肚已腳軟頭暈，糊裡糊塗地爬到榻裡胡亂躺下，等我略微清醒時，只覺氣悶難受，睜眼一看，原來方茹頭靠在我胸上正睡得香，竟然把我當枕頭了。

環顧四周，個個七倒八歪地睡著，妳壓著我的腿，我靠著你的背，被子也是半蓋半掀的，幸虧屋子燒得暖和，倒是凍不著。滿屋狼藉中，竟透出一股安詳。我輕輕把方茹的頭扶起，塞了個枕頭給她，自己閉眼又呼呼大睡起來。

剛有些迷糊，忽聽得外面嚷嚷聲，不一會已經有人來拍門，眾姑娘嘟囔了一聲，扯扯被子又自顧睡去，紅姑卻立即跳下炕，朝我笑笑示意我繼續睡，自己抹了抹頭髮，披上襖子快步走出屋。

我理好衣裙，下炕到窗邊看。紅姑正向一老一少兩個男子行禮，年紀大的神情倨傲，只是微點了下頭。年少的正向紅姑問話，我隱隱約約聽到什麼「……女子……長相……三個月前……舫主……」看不清紅姑神情，但感覺她好像有些驚恐。

那兩個男子說著已舉步向屋子行來，紅姑欲攔卻又畏懼地縮了手，快步跑來，高叫道：「都起來！快些起來！」

炕上的姑娘懶懶地翻著身，幾個醉得輕的軟著身子爬了起來，一臉迷惘地四處看著，幾個醉得沉的依舊躺著。我看情勢不太對，忙去推她們，「趕緊起來，事情有些不對呢！」眾人這才紛紛清醒過來。

紅姑挑起簾子，那兩個男子一前一後進來，眼光在屋內姑娘的臉上一個個仔細打量著。坊內歌唱得最好的雙雙姐顯然認得來人，向來帶著幾分冷淡矜持的她，竟然微笑著向兩人行禮，「大年初一就有貴客來臨，看來今年我們園子該凡事順利，雙兒給吳爺拜年，祝爺身體康健。」

吳爺板著的臉微微緩和了下又立即繃起，向雙雙姐微點了下頭，眼光依舊逐個打量著。

我一直躲在牆角，當吳爺打量到我時，我微笑著向他斂衽一禮，他卻神色丕變，緊盯著我不放。他一面細看著我，一面問紅姑：「她從哪裡來的？什麼時候進的園子？」

紅姑臉色慘白，猶豫著沒有說話。吳爺喝道：「這時候妳還不說實話？是真不想要命了嗎？」

紅姑哆嗦了一下，低頭回道：「她從外地來的，三個月前進的園子。」

吳爺看向我問：「紅丫頭說的可是真話？」我想紅姑除了最重要的一點沒有說以外，其餘的倒都是真話，遂回道：「是真話。」

吳爺又仔細看了我幾眼，喃喃自語道：「應該錯不了，模樣、時間、身分都吻合。」側頭對紅姑吩咐：「舫主找了半個月的人大概就是她了。究竟所為何事，我不是舫主身邊的人，也不敢妄自揣測。妳自己闖的禍，自己看著辦，我在外面等妳們。」

少年人忙掀起簾子，吳爺快步出了屋子。紅姑對著吳爺的背影深深行禮，「吳爺的大恩大德，紅兒謹記。」

沉默了一會，紅姑喝道：「除了小玉，都出去。」雙雙姐瞟了我一眼，領著大家快速離去。紅姑快走幾步到我身前，臉上神色複雜，忽地跪了下來。

我忙扶起她，「紅姑，妳莫要怕，我不知道那吳爺是什麼來頭，也不知道他所謂的舫主是什麼意思。反正妳放心，我和妳之間沒有怨，我只知道妳這幾個月供我吃好住好的，又學了不少新鮮玩意。」我初到長安，多一個朋友將來多一分方便，何況紅姑並沒有對我造成什麼實際傷害，得饒人處且饒人。

紅姑眼裡忽地充滿淚水，聲音微有些哽咽，「小玉，難得妳心胸如此寬大。廢話我就不多說了，這是紅姑欠妳的，紅姑先記下。」說完從懷裡掏出貼身收藏的一瓶藥，倒了一顆給我。我接過服下，紅姑忙給我遞水，道：「一盞茶後，妳的力氣會慢慢恢復。不過因為給妳用藥的日子有些久了，所以恢復如初怕是要四、五天。」

我笑道：「我等得及的。」

紅姑感激地點點頭，擰了帕子讓我擦臉，替我理好頭髮衣裙，牽起我向外行去。吳爺看我們出來，眼光掃過我和紅姑互握著的手，神色緩和許多，帶著笑意說：「那就走吧！」

我和紅姑乘同一輛馬車，跟在吳爺的馬車後。我不太明白發生了什麼，只知道我們要去見一個人，這人似乎在找一個像我這樣的人，而且他在長安城內很有地位，因為連他一個不得近身的手下人，都可以讓長安城內頗負盛名的雙雙姐客氣相待，讓精明厲害的紅姑懼怕。

「紅姑，吳爺口中的舫主究竟是誰？」

紅姑道：「妳真不認識石舫的舫主？」

我搖搖頭，「我初到長安，又無親無故，怎麼可能認識這樣的貴人？我要認識我還會這麼問嗎？」

紅姑詫異地道：「還真是怪事，舫主好幾年沒過問長安城的大小生意了。落玉坊也是石舫產業，我每年根據生意好壞向石舫交一定數量的錢。以前石舫會干涉我們底下人如何經營，但這幾年只要守規矩，別的事情石舫是不管的。」

「什麼規矩？」我問。

紅姑臉紅了起來，「規矩不少，比如說，不許拐騙女子入行。」

我想笑卻又趕忙忍住，難怪她如此害怕，原來犯了忌諱。我握著她的手道：「此事我再不會向任何人說，但以後……」

紅姑忙道：「一次已足夠，以後再不會了。我也是心急，想做到長安城最紅的歌舞坊，雙雙歌藝雖然出眾，但其餘稍遜，我想物色一個拔尖的人才，卻總難有如意的。容貌好的，體態不見得好，兩樣都好的，處事應變又差了。當日看到妳，一下動了貪心，鬼迷心竅犯了大錯，事後擔心被石舫知道的後果，可錯已鑄成。」

我看紅姑語氣真誠，忙笑著轉開話題，「紅姑這是變著法子誇我呢！我過一會要去見石舫主人，對石舫卻一無所知，紅姑能給我講講石舫嗎？」

紅姑凝神想了下，「其實我也知道不多，石舫行事低調，我自小就在長安城，也算人面寬泛的人，卻從來沒有見過舫主。聽老人們講石舫好像是做玉石生意起家的，那已經是文帝陛下在位時的事，後來石舫生意越做越大，到景帝陛下登基，竇太后主持朝政期間，長安城中幾乎所有大的寶石玉器行、絲綢香料鋪、酒樓賭館、歌舞坊，不是石舫開的，就是石舫與其他商家合作。可後來石舫突然停止擴張生意，生意也慢慢放手，行事越發低調隱密，這三、四年沒有聽聞石舫任何動靜，若非每年給吳爺報帳交錢，我都忘了這落玉坊是石舫的了。不過『瘦死的駱駝比馬大』，表面上石舫在長安城中大不如前，但也沒有商家敢輕易得罪。」

紅姑一面講，我一面凝神思索事情的前後，此人命人找我，又能說出我的相貌，那必定是見過我的。是長安商人，又行事神祕，我腦中忽然掠過和小霍共騎一馬的情景，莫非是他？

◈ ◈ ◈

馬車緩緩停在一座宅子前，紅姑臉色一整，變得端莊肅穆，往日眉梢眼角流動著的嬌媚，竟蕩然無存。

吳爺上前敲門。從外面絲毫看不出這宅子與一般富商宅第有什麼不同，門匾上簡單地刻著「石府」兩字。吳爺輕拍了兩下門環，立即退到一旁躬身站著，紅姑也趕緊站到吳爺身後，垂手立好。

這麼大的規矩？我撇了撇嘴，也依樣站在紅姑下首。

門無聲無息地開了，一個鬍子老長的老頭探頭看向我們，吳爺立即躬身行了個禮，「老爺子，小吳給您請安了。」紅姑也跟著行禮。

老頭揮揮手讓他起來，眼光落到我身上，「這是你找到的人？」

吳爺回道：「是。沒想到竟在自己眼皮底下，情況倒符合，老爺子看著可對？」

老頭道：「對不對我可不知道，先頭送來的兩個都是剛進門又送回去了。」說著便轉身引路。

吳爺忙低頭跟上，紅姑和我也跟著進了大門。老頭領我們到了一個小廳，「都坐吧！」說完轉身出了門。一個年紀十歲左右的小廝，托著茶盤給我們奉茶，吳爺居然欠了下身子表示謝意，紅姑和我雖然心中驚訝，但也照著做了。

小廝上好茶，淺笑著退下。那個老頭子又走了進來，臉上帶著笑意。吳爺立即起身問道：「可是對了？」

老頭子道：「對了！你們先回去，回頭是賞是罰，舫主自有計較。」說完不再理會吳爺和紅姑，對著我道：「丫頭，跟我來吧！」

我看向紅姑，紅姑向我點頭示意我趕緊跟去，我因為好奇這個派頭又大又神祕的舫主究竟是不是小霍，所以不再遲疑，立即跟隨老頭而去。

轉過前面的屋子，穿過月洞門，在兩個夾壁中走了一會，眼前豁然開朗。長廊曲折，橫跨在湖上，不知通向何處。因是嚴冬，只看到一片光滑的冰面和岸邊沒有綠葉妝點的柳樹、桃樹，但視野開闊，讓人精神一振。

這屋子別有洞天，前頭布局如同普通人家，後面卻如此氣象不凡。過了湖，身旁的顏色變得生動，雖是寒冬臘月，竹林卻仍然生機勃勃，青翠的綠色連帶使人的心情也鮮亮起來。

老頭子回頭看見我的神色，笑說：「妳若喜歡，回頭再來玩。我也愛這片竹林，夏日清涼，冬日又滿是生氣。這裡是竹館，沿湖還有梅園、蘭居和菊屋。」我笑著點了下頭，跑了幾步，趕到他身邊。

竹林盡處是一座精巧的院子，院門半開著。老頭子對我低聲道：「去吧！」我看他沒有進去的意思，遂向他行了一禮，他揮揮手讓我進去。

院子一角，幾塊大青石無規則地累疊著，中間種著一大叢竹子，幾隻白色的鴿子停在上面，綠竹白鴿相襯，越發竹綠鴿白。

一個青衣男子正迎著太陽而坐，一隻白鴿臥在他的膝上，腳邊放著一個炭爐，上面的水不知道已經滾了多久，水汽一大團一大團地逸出，在寒冷中迅速凝成煙霧，讓他靜坐不動的身影變得有些飄忽。不管是在大漠還是在長安城，但凡有他在的地方，再平凡的景致也會成為一道風景，讓人一見難忘。

眼前的一幕讓我不敢出聲打擾，順著他的目光抬頭看向天空，雖是冬日的陽光，也有些晃眼。我瞇著眼睛又扭頭看向他，他正在看我，雙瞳如黑寶石般熠熠生輝。

他指了指一旁的竹椅，微笑著問：「長安好玩嗎？」

他一句簡單卻熟稔的問候，我的心就忽然暖和起來，滿肚子疑問突然懶得再提，因為那些根本不重要，重要的是我和他在這裡再次相逢。

我輕快地坐到他身旁，「一來就忙著填飽肚子，後來整天待在紅姑的園子裡，哪裡都沒有玩呢！」

他微抿著嘴角笑道：「我看妳過得不錯。紅姑調教的也好，如今站出去倒有幾分長安城大家閨秀的樣子。」

我想起月牙泉邊第一次見他時的狼狽，一絲羞一絲惱，「我一直都不錯，只不過人要衣，馬要鞍而已。」

一個小廝低頭托著小方桌從屋內出來，將方桌放到我們面前，又端了一杯茶給我。我接過茶時，目光隨意從他臉上掃過，立即瞪大了眼睛，「狗娃子？」

狗娃子板著臉，嚴肅地對我道：「以後叫我石風，狗娃子莫要再叫，那已是好漢落難時的事了。」

我看他一本正經的樣子，忍著笑連聲應道：「是，石風，石大少爺，你怎麼在這裡？」

他氣鼓鼓地看了我一眼，「九爺帶我回來的。」說完低著頭退下去。

九爺道：「小風因為他爺爺病重，無奈之下就把妳落在他們那的衣服當了，恰好當鋪主事者當日隨我去西域，見過那套衣服，把此事報了上來。我看小風心地純孝，人又機敏，是個難得的經商人才，便把他留在身邊。」

我點點頭，原來是從小風那得知我「落難」長安，「爺爺的病可好了？」

九爺把手靠近爐子暖著，「他年紀大了，居無定所，又飢一頓飽一頓的，不算大病，如今細心養著就行。聽小風說他一直在擔心妳，回頭妳去看看他。」

我道：「你不說我也要去的。」

他問：「紅姑可有為難妳？」

我忙道：「沒有。」

「妳緊張什麼？」他笑問。

「誰知道你們是什麼規矩？萬一和西域人一樣，動不動就砍一隻手下來，紅姑那樣一個大美人就可惜了。」

他垂目微微思量了會，「此事不全是妳與紅姑之間的恩怨，如果此次放著不管，只怕還有人會犯，倒楣的是那些弱女子。」

我側頭看著他：「紅姑已承諾我絕不會再犯。可有兩全的法子？」

他忽地眉毛一揚，「這事交給老吳頭疼去吧，他的人出了事，我可犯不著在這裡替他費精神。」他的神色原都是恬然溫和的，這幾句話卻帶著一絲戲謔、一絲幸災樂禍，我忍不住噗哧一聲笑了出來。

冬日的太陽落得早，現在已經冷起來，我掃了眼他的腿，笑說：「我覺得有些冷。」

他捧起白鴿，一揚手，白鴿展翅而去。他伸手做了個請的姿勢，推著輪椅向門口行去。我欲伸手幫他，忽想起初見他時下馬車的場面，忙縮回了手。

快到門口時，門突然緩緩打開，裡面卻無一人，我驚疑地四處探看。他微笑著解釋道：「門前的地下安了機關，輪椅過時觸動機關，門就會自動打開。」

我仔細看了一眼腳下的地面，卻看不出任何異樣，心裡讚嘆著隨他進了屋子。

整個屋子都是經過特別設計，沒有門檻，所有東西都擱在人坐著剛好能取到的位置。桌子不是低矮几案，而是高度讓人坐在椅上剛好使用。不知道他是否是長安城內第一個用胡桌、胡椅的人。

他請我坐下。我看到桌子上的油饊子，才想起我還沒有吃過飯呢！嚥了口口水，正打量著饊子，肚子卻已「咕嚕」叫了幾聲。

他正在煮茶，聽到聲音轉頭向我看來，我不好意思地道：「沒聽過餓肚子的聲音嗎？我想吃那碟饊子。」

他含笑道：「那是過年擺著應景的，吃著玩還可以，當飯吃太油膩了。我讓廚房給妳備飯吧！妳想吃什麼？」

吃什麼？我不會點菜，想了會鬱鬱道：「隨便吧！最要緊是有肉，大塊大塊的肉。不要像紅姑那裡，好好的肉切成什麼絲什麼丁的，吃一、二次還新鮮，吃久了真是憋悶。」

他笑著拉了下牆角的一根繩，小風飛快跑進來，他吩咐道：「讓廚房做一道燒全肘，再備兩個素菜送過來。」看了我一眼，又補道：「快一點。」

他把茶盤放在雙腿上，轉著輪椅過來。我看了他一眼，對快要濺出的茶水視而不見，自顧撿了個饊子吃起來。他把茶放在我面前，我立即和著饊子飲了一口。

他似乎頗為高興，端著茶杯輕抿了一口，「我很少有客人，這是第一次給人煮茶，妳將就著喝吧！」

我嘴裡吃著東西，含糊點了點頭，「你家裡兄弟姐妹很多吧？下面還有十爺嗎？」

他淡淡道：「家中只有我了。父親盼著人丁興旺，從小就命眾人叫我九少爺，取個吉利。如今叫慣了，雖然沒有如父親所願，但也懶得讓他們改口。」

我嚥下口中食物，「我家裡除了我還有一群狼，那天你見到的那隻是我弟弟。」

他臉上帶出了笑意，「我聽下頭人說妳叫金玉？」

我點了下頭，「你叫什麼？」

「孟西漠。」

我驚訝道：「你不姓石？你是石舫的主人嗎？」

「誰告訴妳石舫主人姓石？」

我吐了吐舌頭，「我看到門口寫著石府，就想當然了。西漠，西邊的大漠，名字起得非中原氣象。」

他笑道：「妳叫金玉，也沒見妳金玉富貴。」

我微微笑著說：「現在不是，以後會的。」

小風提著一個食盒進來，剛揭蓋子，我已經聞到一股撲鼻的香氣，幾步衝到桌旁才想起主人還未發話呢！忙側頭看向他，他溫和地說：「趕緊趁熱吃吧！我現在不餓，就不陪著妳吃了。」

我據案大嚼，一旁的黍飯和素菜根本沒有動，就守著一個肘子吃。他轉著輪椅到桌對面，把我推到一旁的青菜推回我面前，「吃些青菜。」我瞟了眼青菜沒有理會，他又道：「女孩子多吃些青菜，看上去才會水靈。」

我愣了一下，有這種說法嗎？看他神色嚴肅不像是在哄我。看看氣味誘人的肘子，又看看味道寡淡的青菜，掙扎半晌，最終夾起了青菜，他笑著扭頭看向窗外。

吃飽飯的人總是幸福的，捧著滿足的胃，聞著茶香，我覺得人生之樂不過如此。

一面喝茶，我一面心裡打著小算盤，最後放下茶杯，清了清嗓子笑看向他。他用眼神示意我有話就說。

「嗯！這個你看，我本來在紅姑那裡也算住得好吃得好，還可以學不少東西，如今被你這麼一鬧騰，紅姑肯定不敢再留我了，我身上又沒什麼錢。俗話說『好漢做事，好漢當。』我看你氣派不凡，肯定會為我負責的吧？」我臉不紅氣不喘地說完，眼巴巴地看著他。

他含笑盯著我，半晌沒有說話。我的臉開始發燙，移開視線看著地面道：「我認識字，會算術，也有力氣，人也不算笨，你手下的商鋪可要請人幫忙？」

「妳想留在長安？」

「我才剛來，現在還不想走，什麼時候走說不準。」

「妳先住在這裡吧！我看看有什麼適合妳做的，妳也想想自個喜歡幹什麼，想幹什麼。」

我一顆提著的心落了地，起身向他行禮，「多謝你！我不會白住的，小風能做的我也能做。」

他笑著搖搖頭，「妳和小風不一樣，小風是石舫的學徒，如今是磨他的性子。」

我道：「那我呢？」

他微微遲疑了下道：「妳是我的客人。」我心下有點說不清的失望，他卻又補了句：「一個再次重逢的故友。」

我低頭抿著嘴沒有說話。

◈ ◈ ◈

幾天的工夫我已經把石府裡外摸了個遍，還見到上次在月牙泉邊見過的紫衣漢子和黑衣漢子，一個叫石謹言、一個叫石慎行。聽到他們名字，我心下暗笑真是好名字，一個名補不足，一個名副其實。

見我住在竹館，謹言哇哇大叫：「這怎麼可能？九爺喜歡清靜，小風他們晚上都不能住這裡。妳說要住竹館九爺就讓妳住？」慎行只是深深看了我一眼，然後就垂眼盯著地面，一動不動，他改名為「不行」也絕不為過。

他倆加上掌管石舫帳務的石天照，負責幾乎所有石舫的生意。三人每天清晨來竹館向九爺細述生意往來，時間長短不一。小風和另外三個年紀相仿的小廝，經常會在屋內旁聽，四人名字恰好是風、雨、雷、電。他們談生意時，我都自覺地遠遠離開竹館，有多遠避多遠。

今日因為惦記紅姑她們，索性直接避出了石府。前兩日一直飄著大雪，出行不便，今日雪停正好可以去看她們。

「玉丫頭，怎麼穿得這麼單薄？下雪不冷，化雪冷，我讓丫頭給妳找件衣服。」當日領我們進府門的石伯一面命人給我駕車，一面嘮叨著。

我跳了跳，揮舞雙手笑道：「只要肚子不餓，我可不怕冷，這天對我不算什麼。」石伯笑著囑咐我早些回來。

雪雖停了，天卻未放晴，仍然積著鉛色的雲，重重疊疊地壓著，灰白的天空低得彷彿要墜落。地上積雪甚厚，風過捲起雪沫子直往人身上送。路上行人大多坐不起馬車，個個彎著身子，縮著脖子小心翼翼行走在雪上。偶爾飛馳而過的馬車濺起地上的雪，閃躲不及的行人往往被濺得滿身半化的黑雪。

我揚聲吩咐車夫吆喝著點，讓行人早有個準備，經過行人身旁時慢行。車夫響亮地應了聲好。坊門緊閉，往日不管黑夜白天都點著的兩盞大紅燈籠也不見了。我拍拍門，半晌裡面才有人叫道：「這幾日都不開門……」正說著，開門的婆子一見了我忙收聲，表情怪異地扭過頭，揚聲便叫紅姑。

紅姑匆匆跑出來，牽起我的手笑道：「妳可真有心，還惦記著來看我。」

我問道：「怎麼了？為什麼不做生意呢？」

紅姑牽著我在炭爐旁坐下，嘆道：「還不是我闖的禍，吳爺正在犯愁，不知道拿我怎麼辦。他

揣摩上頭的意思，似乎辦重、辦輕都不好交代，這幾日聽說連覺都睡不好，可也沒個妥當法子。但又不能讓我風風光光依舊開門做生意，所以命我先把門關了。」

我呵呵笑起來，「那是吳爺偏袒妳，不想讓妳吃苦，所以左右為難地想法子。」

紅姑伸手輕點了下我的額頭，「那也要多謝妳，否則就是吳爺想護我也不成。對了，妳見到舫主了嗎？他為何找妳？長什麼樣子？多大年紀？」

我道：「園子裡那麼多姐妹還指望著妳吃飯呢！妳不操心自己的生意，卻在這裡打聽這些事情。」

紅姑笑著說：「得了！妳不願意說，我就不問了，不過妳好歹告訴我舫主為何找妳。妳不是說自己在長安無親無故，家中早沒親人了嗎？」

我抿著嘴笑了下，「我們曾見過的，也算舊識，只是我不知道他也在長安。」

紅姑攤著雙手，嘆道：「真是人算不如天算，我再精明也不能和天鬥。」

正圍著爐子笑語，一個小丫頭挑了簾子直衝進來，禮也不顧就趕著說：「雙雙小姐出門去了，奴婢攔不住，還被數落一通。」

紅姑板著臉問：「她說什麼了？」

丫頭低頭道：「她說她沒有道理因為一個人就不做生意了。今日不做，明日也不做，那她以後吃什麼？還說……還說天香坊出了高價，她本還念著舊情，如今……如今覺得還是去得好，說女子芳華有限，她一生就這短短幾年，浪費不起。」

紅姑本來臉色難看，聽到後來反倒神色緩和，輕嘆一聲，命丫頭下去。我問：「天香坊是石舫的生意嗎？」

紅姑道：「以前是，如今不是了，究竟怎麼回事我也不知道。這兩年它場面做得越來越大，石舫的歌舞坊又各家只理各家事，我看過不了多久，長安城中就它一枝獨秀了。我是底下人，不知道舫主究竟什麼意思，竟然由著它坐大。」

紅姑沉默地盯了會炭火，笑著起身道：「不講這些煩心事了，再說也輪不到我操那個閒心。這段日子都悶在屋裡，難得下兩日雪，正是賞梅的好日子，反正不做生意，索性把姑娘們都叫上，出去散散心。」我忙應好。

我與紅姑同坐一輛車，紅姑畏冷，身上裹了件狐狸毛大氅，手上還套著繡花手套，看到我只在深衣外穿了件棉罩衣，嘖嘖稱羨。不過她羨慕的可不是我身體好，而是羨慕我數九寒天中，人人都裹得像個包子，唯獨我仍舊「身段窈窕」。

馬車快要出城門時，突然喧譁聲起，一隊隊衛兵舉槍將行人隔開，人們紛紛停了腳步躲向路邊，我們的車也趕緊靠著一間店的門口停下，一時間人嚷馬嘶，場面很是混亂。

我好奇地挑起簾子，探頭向外看，紅姑見慣不驚地笑道：「傻丫頭！往後長安城裡這樣的場面少不了，妳沒見過皇上過御道，那場面陣勢才驚人呢！」

她說著話，遠處幾人已經縱馬小跑著從城門外跑來。我探著腦袋凝目仔細瞧著，來者年齡似乎都不大，個個錦衣華裘，意氣風發。年少富貴兼之前程錦繡，他們的確占盡人間風流。

我心中突然一震，那個……那個面容冷俊、劍眉星目的人不正是小霍？此時他雖然衣著神態與大漠中相去甚遠，但我相信自己沒有認錯。其他幾個少年都是一面策馬一面笑談，他卻雙唇緊閉，眼光看著遠處，顯然心不在此。

紅姑看我面色驚疑，忙問：「怎麼了？」

我指著小霍問：「他是誰？」

紅姑掩嘴輕笑起來，「玉兒的眼光真是不俗呢！這幾人都出身王侯貴胄，但就他最不一般，且至今仍未婚配，親事都沒有定下一門。」

我橫了紅姑一眼，「紅姑倒是頂好的媒婆，可惜入錯行了。」

紅姑笑指著小霍道：「此人姨母貴為皇后，舅舅官封大將軍，聲威遠震匈奴西域，享食邑八千七百戶。他叫霍去病，是長安城中有名的霸王，外人看著沉默寡言，沒什麼喜怒，但據說脾氣極其驕橫，連舅父都敢當面頂撞，偏偏投了皇上的脾性，事事護他幾分，惹得長安城中越發沒人敢得罪他。」

我盯著他馬上的身姿，心中滋味難述。長安城中，我最彷徨時，希冀能找到他卻事與願違。進入石府時，我以為穿過長廊，竹林盡頭處的人會是他，卻仍不是。而在我意想不到的瞬間，他出現了。雖然早猜到他的身分只怕不一般，卻怎麼也沒想到他會是漢朝皇帝和衛青大將軍的外甥。

他在馬上似有所覺，側頭向我們的方向看來，視線在人群中掠過，我猛然放下了簾子。

路上紅姑幾次逗我說話，我都只是淺笑聽著。紅姑覺得沒什麼意思，也停了說笑，細細打量我的神色。

好一會後，她壓著聲音忽道：「何必妄自菲薄？我這輩子就是運氣不好，年輕時只顧著心中喜好，由著性子來，沒有細細盤算過，如今道理明白了，人卻已經老了。妳現在年齡正小，人又生得這般模樣，只要妳有心，在長安城裡有什麼是不可能的？就是當今衛皇后，當年身份也比我們高貴不了多少。她母親是公主府中的奴婢，與人私通生下她。她連父親都沒有，只能冒姓衛。成年後，也只是公主府中的歌女，可卻能憑藉容貌得到皇上寵愛，母儀天下。再說衛大將軍也是個私生子，年幼時替人牧馬，不僅吃不飽，還要時時遭受主人鞭笞，後來卻征討匈奴立下大功，位極人臣。」

我側身笑摟著紅姑，「好姐姐，我的心思倒不在此。我只是在心裡琢磨一件過去的事情而已。歌女做皇后，馬奴當將軍，妳的道理我明白。我們雖是女人，可既然生在這個門第不算森嚴，女人又頻頻干預朝政的年代，也可以說一句『王侯將相，寧有種乎？』。」

紅姑神情怔怔，嘴裡慢慢念著「王侯將相，寧有種乎？」似乎深感於其中滋味，「妳這話是從哪裡聽來的？如果我像妳這般大時就能明白這樣的話，如今也許是另一番局面。」

紅姑自負美貌，聰慧靈巧遠勝眾人，容顏雖漸老，卻仍舊在風塵中掙扎，心有不甘也只能徒呼奈何。

白雪紅梅相輝映，確是極美的景色，我眼看著，心卻沒有賞，只是咧著嘴一直笑著。紅姑心中也擔了不少心事，對著開得正豔的花，似乎又添了一層落寞。

賞花歸來，天色已黑，紅姑和別的姑娘先回園子，我自行乘車回石府。

竹館內，九爺獨自一人正在燈下看書，暈黃的燭光映得他身上帶著一層暖意。我的眼眶突然有些發酸，以前在外面瘋鬧得晚了，阿爹也會坐在燈下一面看書一面等我。一盞燈，一個人，卻就是溫暖。

我靜靜站在門口，屋內的溫馨寧靜緩緩流進心中，讓我不舒服一下午的心漸漸安穩下來。他似有所覺，笑著抬頭看向我，「怎麼在門口傻站著？」

我進了屋子，「我去看紅姑了，還和她一塊出城看梅花。」

他溫和地問：「吃飯了嗎？」

我道：「晚飯雖沒正經吃，可紅姑帶了不少吃食，一面玩一面吃也飽了。」

他微頷首，沒有再說話。我猶豫了會，問道：「你為什麼任由石舫的歌舞坊各自為政，不但不能聯手抗敵，還彼此競爭？外面人都懷疑石舫內部出了亂子，舫主無能為力呢！」

他擱下手中竹簡，帶著幾分漫不經心笑道：「他們沒有猜錯，我的確心有餘而力不足。」

我搖搖頭，沉默了會道：「你不是說讓我想喜歡做什麼嗎？我想好了，別的生意我不熟，歌舞坊我如今好歹知道一點，何況我本身就是女子，你讓我到歌舞坊先學著吧！不管是做個記帳的，還是打下手都可以。」

九爺依舊笑著說：「既然妳想好了，我明日和慎行說一聲，看他如何安排。」

我向他行了一禮，「多謝你！」

九爺轉動著輪椅，拿了一個小包裹遞給我，「物歸原主。」

裡面是那套樓蘭衣裙。手輕輕撫過衣料，我想說什麼卻又說不出來，這不是一個「謝」字可以表述的。

第四章

美人

輕紗覆面，我看不到她的容貌，但那雙眼睛就已足夠。
嫵媚溫柔，寒意冷冽，溫暖親切，刀光劍影。
短短一瞬，她眼波流轉，我竟然沒有抓到任何一種。
刀光劍影?!有趣！我抿嘴笑了起來。
紅姑低低嘆了口氣，這個女子居然單憑身姿，
就讓看過無數美女的紅姑無話可說。

馬車再次停在落玉坊前，我的心境卻大不相同，這次我是以坊主的身分跨入落玉坊。早晨剛知道慎行的安排時，我甚至懷疑他是否故意戲弄我，可從他一成不變的神色中我看不出任何惡意。

九爺看我一直盯著慎行，笑道：「妳放心去吧！這事是老吳向慎行提議的，他肯定知會過紅姑，不會為難妳。」又對慎行道：「老吳這幾年，泥鰍功是練得越發好了。」

慎行只是欠了欠身子，謹言卻頗為生氣的樣子。天照一面飲茶一面慢悠悠地說：「這幾年也難

為他了，滿肚子的苦卻說不出。」

我這邊還在想早晨的事情，吳爺的隨從已快步上前拍了門。門打開，紅姑一身盛裝，笑顏如花，向吳爺和我行禮問安。我快走了幾步攙起她，「紅姑不會怪我吧？我實在沒料到事情會如此。」

紅姑笑說：「我不是那糊塗人，如今還能穿得花枝招展在長安城立足，我有什麼可怨的？」

吳爺道：「以後妳們兩個要互相扶持打理好園子，我還要去看看別的鋪子，先行一步。」說完帶著人離去。

紅姑先領我去日常生活起居的後院，「我把離我最近的院子收拾好了，園子裡常有意外事情發生，妳偶爾趕不回石府也有個歇息的地方。回頭看缺什麼，妳再告訴我。」我點頭稱謝。

進了屋，紅姑指著几案上一堆竹簡，「去年的帳都在這裡了。」

我問：「雙雙姐已經走了？」

紅姑嘆了口氣坐到榻上，「走了。不但她走了，和她要好的玲瓏也隨她走了。小玉，妳肩上的擔子不輕呀！說實話，聽吳爺說妳要來，我私心裡還高興了一場，不管怎麼說，妳是舫主安排來的人，我也算找到一棵大樹靠了。」

九爺說吳爺是泥鰍，我現在才品出幾分意思。敢情我不但替他化解了難題，還要替他收拾爛攤子？或者他是想拖慎行他們也掉進泥塘？九爺對歌舞坊的生意頗有些任其自生自滅的意思，吳爺想利用我扭轉歌舞坊生意下滑的局面，肯定不是認為我一個毛丫頭有什麼能力，而是看重我和九爺的關係。

只怕要讓他失望了。九爺擺明把這當一場遊戲，由著我玩而已。不過我和吳爺的最終目的倒是相同，可以彼此「利用」。

「……雙雙、玲瓏走了，其他姑娘都一般，紅不起來。方茹倒有幾分意思，可心一直不在這上面，歌舞無心，技藝再好也是有限。我們就這麼著，日子也能過，但我估摸著妳的心肯定不僅僅賺個衣食花銷，依妳看以後如何是好？」

我忙收回心神，想了會道：「方茹的事情倒不算太難，『置之死地而後生』，下一帖猛藥吧！讓她來見我。」紅姑詫異地看了我一眼，揚聲吩咐丫頭去請方茹。

「至於其他，一時也急不來。一則慢慢尋一些模樣齊整的女孩子，花時間調教；二則全靠技藝吸引人的歌舞伎畢竟有限，聲色藝俱全的佳人可遇不可求，其餘不外乎藉助各種外勢補其不足，我們不妨在這個外勢多下些功夫。想他人之未想，言他人之未言，自然能博得眾人注意。名頭響了，還怕出名的藝人請不到嗎？」

紅姑靜靜思索了會，「妳說的道理都不錯，可這個『想他人之未想，言他人之未言』卻是說著容易，做起來難。」

我指指自己，又指了指紅姑，「這個就要靠我們自己。這兩日妳陪我私下到別的歌舞坊逛逛，一面和我講講這裡面的規矩，一人計短，兩人計長，總能想出點眉目。」

紅姑被我神情感染，精神一振，「有道理！我以前只顧著拚頭牌姑娘，卻沒在這些地方下功夫……」

紅姑話語未完，方茹細聲在外叫道：「紅姑，我來了。」

「進來吧！」

方茹進來向紅姑和我行禮，我站起強拉著她坐到我身旁，笑道：「我們也算有緣分，同時進的園子，又一起學藝。」

方茹低頭不發一語，紅姑向我做了個無奈的表情。我道：「我知道妳不想待在這裡，今日我既接管了園子，也不願勉強妳，若想回家就回家去吧！」

方茹猛地抬頭，瞪大雙眼盯著我，一臉不可置信。我對一旁愣愣的紅姑道：「把她的賣身契找出來還給她，不管多少贖身錢都先記在我頭上，我會設法補上。」

紅姑愣了一會才趕緊去尋賣身契，不一會工夫就拿著一方布帛過來遞給我。我掃了一遍後遞給方茹，「從今以後，妳和落玉坊再無關係，可以走了。」

方茹接過布帛，「為什麼？」

我淡笑了下，「不是說我們算有緣嗎？再則我的園子裡也不想留心不在此的人。」

方茹看向紅姑，含淚問：「我真可以走了嗎？」

紅姑道：「賣身契都在妳手裡，當然可以走了。」

方茹向我跪倒磕頭，我忙扶起她，「方茹，將來有什麼事情需要我就來找我，畢竟姐妹一場。」方茹用力點點頭，緊緊拽著她的賣身契小步跑著出了屋子。

紅姑嘆道：「自從進了園子，我還沒見過她有這麼輕快的步子。」我也輕嘆了口氣。

紅姑問：「妳肯定她會再回來嗎？」

我搖頭，「世上的事情有什麼是十全把握的？只要有一半值得盡力，何況此事還有七、八成機會。」

紅姑笑道：「我帳可不會少記。買方茹的錢，這幾個月請師傅花的錢，吃穿用度的錢，總是要翻一翻的。」

我頭疼地叫道：「我一個錢還沒賺，債就背上了，唉！錢呀錢，想你想得我心痛。」

紅姑笑得幸災樂禍，「妳心痛不心痛，我是不知道。不過待會妳肯定有一個地方要痛。」

我看她目光盯著我的耳朵，趕忙捂住耳朵退後幾步，警惕地看著她。紅姑聳了聳肩膀，「這可不能怪我，原本妳已經逃出去，偏偏又自己撞回來。既然吃這碗飯，妳以後又是園子的臉面，自然躲不掉。」

風蕭蕭兮易水寒，壯士一去兮不復還。想當年大禹治水，三過家門而不入，我不過是犧牲一下自己的耳朵而已。

◈ ◈ ◈

回到竹館時，我埋著頭躡手躡腳溜進自己屋子，點燈在銅鏡中仔細看了看。好醜！難怪石伯見到我，眼睛瞇得只剩一條縫。

我輕碰一下耳朵，心裡微嘆一聲，阿爹一心不想我做花，我現在卻經營花的生意。不過如果我做的能讓九爺眉間輕鎖的愁思散開幾分，那麼一切都是值得的。

如果當年我能有如今的心思，如果我能幫阿爹出謀策劃，那麼一切……我猛然搖搖頭，對著鏡中的自己輕聲道：「逝者不可追，妳已經花了一千多個日夜後悔傷心，是該向前看了。阿爹不也說過嗎？過往之錯是為了不再犯同樣的錯誤。妳已經長大，可以替關心的人分憂解愁了。」

聽到小風來送飯，往日聞到飯香就趕著上前的我，此時仍跪坐在榻上。

「玉姐姐，妳吃不吃飯？九爺可等著呢！」小風在門外低叫。

我皺著眉頭，「你幫我隨便送點吃的東西過來，我有些不舒服，想一個人在屋子裡吃。」

小風問：「妳病了嗎？讓九爺給妳看一下吧！我爺爺的病就是九爺看好的。」

我忙道：「沒有，沒有，不是大毛病，休息一下就好。」心裡有些驚訝，九爺居然還懂醫術。

小風嘟囔：「妳們女人就是毛病多，我一會端過來。」我心想等我耳朵好了再和你算帳，今日暫且算了。

用過晚飯，我琢磨著究竟怎麼經營園子，門外傳來敲門聲。我心裡還在細細推敲，隨口道：「進來。」話說完立即覺得不對，忙四處找東西想裹在頭上，一時卻不可得，而九爺已轉著輪椅進來。我趕緊雙手捂著耳朵，動作太急扯動了絲線，疼得我直吸氣。

「哪裡不舒服？是衣服穿少，凍著了嗎？」九爺看著我問。我搖搖頭，他盯了我一會，忽然笑

起來，「紅姑給妳穿了耳洞？」我癟著嘴點點頭。

他笑說：「把手拿下。紅姑沒有和妳說少則十日，多則二十日都不能用手碰嗎？否則會化膿，那就麻煩了。」

我想起紅姑說化膿只得把絲線取掉，等耳朵完全長好後再穿一次，再顧不上美醜問題，忙把手拿下來。

九爺看我哭喪著臉的樣子，笑著搖了下頭，轉著輪椅出了屋子，不一會腿上擱著一個小陶瓶又轉了回來。「這是經過反覆蒸釀又貯存多年，酒性極烈的酒，對防止傷口化膿有奇效。」

他一面說著，一面拿著白麻布蘸了酒示意我側頭，我溫順地跪在榻上，直起身子，側面向他。他冰涼的手指輕輕滑過我的耳垂，若有若無地觸碰著我的臉頰，我的耳朵臉頰未覺得冷，反倒燙了起來。

他一面幫我擦酒，一面道：「我小時也穿過耳洞。」我驚訝地說：「什麼？」扭頭就想去看他的耳朵。

「別亂動。」他伸手欲扶我的頭，我側頭時，唇卻恰好撞到了他的掌心。我心中一震，忙扭回頭，強自鎮定地垂目盯著自己散在榻上的裙裾。

他的手在空中微頓了一瞬又恢復如常，靜靜替我抹完右耳，「這隻好了。」我趕忙調轉身子，他手下不停，接著剛才的話題，「幼時身體不好，娘親聽人說學女孩子穿個耳洞，會好養很多，所以五歲時娘親替我穿了耳洞……抹好了，以後每日臨睡前記得抹。」

為了穿出耳洞，紅姑特意在棉線上綴了個疙瘩，我指著耳垂上掛的兩個小疙瘩，「你小時候也掛這麼醜的東西嗎？」

他抿著嘴笑了一下，「娘親為了哄著我，特意上了顏色，染成了彩色。」我同情地看著他，他那個好像比我這個更「引人注目」。

他轉動著輪椅出了屋子，我在榻上靜靜跪了好久，突然躍起在榻上舞起來，旋轉再旋轉，直到身子一軟跌倒在棉被上，臉埋在被子間傻笑起來。狼在很小的時候就要學會自己舔拭傷口，可被另一個人照顧是這樣溫暖的感覺，如果做人有這樣的溫馨，我願意做人。阿爹，我現在很快樂呢！

傻笑了好久，我翻身坐起，隨手拿起一條絹帕，俯在几案上寫道：「快樂是心上平空開出的花，美麗妖嬈，宛轉低回處甘醇沁人。記憶會騙人，我怕有一日會記不清今日的快樂，所以我要把以後發生的事情都記下來。等有一日我老得再也走不動的時候，我就坐在榻上看這些絹帕，不管快樂悲傷都是我活過的痕跡……」

在一品居吃飯時，我忽然聽到外面的乞丐，敲著竹竿唱沿途見聞，一個個小故事跌宕起伏，新鮮有趣，引得裡裡外外圍滿了人。一品居內的客人都圍坐到窗口去聽，我和紅姑也被引得立在窗前細聽。

幾支曲子唱完，眾人鬨然叫好，紛紛解囊賞錢，竟比往常給多了好幾倍。我和紅姑對視一眼，心中都有所觸動。她側頭思索了會，「小玉，他們可以用乞討歌謠講故事，我們是否也可以……」

我點頭道：「長安城內都是單純的歌舞表演，我們如果能利用歌舞講述故事，一定很吸引人。」說著兩人都激動起來，飯也顧不上吃，結完帳就匆匆回園子找師傅商量。

經過一個多月反反覆覆商量斟酌，編好故事與曲子，就要排演時，紅姑卻突然猶豫了。她一邊翻著竹簡，一邊皺著眉頭，「小玉，妳真認為這個故事可以嗎？」

「為何不可？妳不覺得是一個很感人的故事嗎？一個是尊貴無比的公主，一個卻是她的馬奴，兩人患難與共，最後結成恩愛夫妻。」

「雖然名字都換了，時間也隱去，可傻子也明白這是講衛大將軍和平陽公主的故事。」

「就是要大家明白呀！不然我們的辛苦不就白費了？還有這花費大錢的曲詞。」

「我明白妳想用衛大將軍的故事滿足眾人獵奇之心，可他們一個是手握重兵的大將軍，一個是當今天子的姐姐，妳想過他們的反應嗎？」

我整個人趴在案上，撿了塊小點心放到嘴裡，一面嚼著，一面道：「能有什麼反應？衛大將軍因為出身低賤，少時受過不少苦，所以很體恤平民百姓。且他為人溫和，屬於多一事不如少一事的人。這件事情傳到他耳裡，衛大將軍可能就一笑置之，不予理會。我們只是討碗飯吃而已，他能理解也能體諒我們的。至於傳到平陽公主那裡，平陽公主一直對她與衛大將軍年齡相差太多，而心中有結，雖然表面上不在乎，實際卻很忌諱他人認為衛大將軍娶她是出於皇命，心中嫌棄她年齡太大。可我這齣歌舞重點就放在兒女情長，至於廟堂上的真真假假我才懶得理會。歌舞演的是公主與馬奴患難生情，心早已互許，多年默默相守卻仍舊『發乎情，止乎禮』，直到英明神武的皇帝發覺這段纏綿悽楚的愛戀，一道聖旨解除兩人之間不能跨越的鴻溝，有情人終成眷屬，好一個國泰民安、花好月圓呀！」

紅姑頻頻點頭，忽又搖起了頭，「那皇上呢？」

我撐頭笑道：「好姐姐，妳還真看得起我呀！這還沒唱，妳就認為連皇上都可以知道了。皇上若知道了，我們可就真紅了。」

紅姑道：「這一行我可比妳了解。只要演，肯定能在長安城紅起來。」

我凝神想了會，「皇帝的心思我猜不準，不過我已經盡力避開任何有可能惹怒皇上的言詞。在戲文中暗暗強調皇帝睿智開明、文采武功。衛大將軍能位居人臣，固然是自己的才華，更重要的是有皇帝慧眼識英雄，而這段愛情的美滿結局，也全是因為皇帝的開明大度。不過我雖然有七成把握不會有事，可帝王心我還真不敢隨意揣摩，因為皇帝身邊有太多的耳朵和嘴巴。我能做的都做了，也許只能賭一把，或者就是撐死膽大的，餓死膽小的，紅姑可願陪我搏這一回？」我吐了吐舌頭，笑看著紅姑。

紅姑盯著我嘆道：「玉娘，妳小小年紀，膽大衝勁足不奇怪，難得的是思慮如此周密，我們的園子只怕不紅都難。我這輩子受夠了半紅不紫的命，我們就唱了這齣歌舞。」

我笑道：「長安城裡比我心思縝密的人多著呢！只是沒機會見識罷了。遠的不說，平陽公主和衛大將軍絕對高過我許多，還有一個……」我笑了下，猛然收了話頭。

紅姑剛欲說話，屋外丫頭稟道：「方茹姑娘想見坊主。」

紅姑看向我，我點了下頭，坐直身子。紅姑道：「帶她進來。」

方茹臉色晦暗，雙眼無神，進屋後直直走到我面前，盯著我一字一字道：「我想回來。」

我抬手指了指我對面的坐榻，示意她坐，她卻站著一動未動，「賣身契已經被我燒了，妳若想要，我可以補一份。」

「妳若要回來，以後就是園子的人，那就要聽我的話。」說完用目光示意她坐，方茹盯了我一會，僵硬地跪坐在榻上。

我倒了杯茶推到她面前，她默默拿起茶欲喝，手卻簌簌直抖，猛然一下把杯子「砰」的用力擱回桌上。「妳料到我會回來，如今妳一切稱心如意，可開心？」

我盯著方茹的眼睛，緩緩道：「這世上只有小孩子才有權利怨天尤人，妳沒有！妳的後母和兄弟背棄了妳，這是妳自己的問題。為何沒有在父親在世時，替自己安排好退路？又為何任由後母把持家產？為何沒能博取後母的歡心，反倒讓她如此厭惡妳？該爭時未爭，該退時不退，妳如今落到有家歸不得，全是妳自己的錯。而我，妳想走時我讓妳走，我有什麼地方害過妳？妳的希望全部破滅，妳的兄弟未能如妳所願替妳出頭，長安城雖大卻似乎無妳容身之處，這些能怪我嗎？妳被後母賣入歌舞坊並非一天、兩天，妳的兄弟卻從未出現過，妳哄騙著自個，難道也是我的錯？」

方茹盯著我，全身哆嗦，嘴唇顫抖著想說什麼卻說不出來，猛然一低頭放聲大哭。紅姑上前摟住她，拿出絹帕替方茹擦淚，一貫對紅姑抱持敵意的方茹，靠在紅姑懷裡哭成了淚人。

哭聲漸小時，我說道：「紅姑六歲時，父母為了給她哥哥討媳婦就把她賣了，我連父母是誰都不知道，這園子裡有哪個姐妹不是如此？妳好歹還被父母呵護了多年，我們卻只能靠自己。妳也要學會凡事為自己打算。妳的賣身契，我既然給了妳，妳就是自由身，以後只要替自己尋到更好的去處，隨時可以走。但在園子裡一天，就必須遵守一天園子的規矩。」

方茹被丫頭攙扶著出去，紅姑笑瞇瞇地看著我。我道：「做好人的感覺如何？」紅姑點頭道：「不錯，以前總是扮惡人，被人恨著，難得換個滋味。」

我笑起來，「以後該我被人恨了。」

紅姑笑道：「錯了，妳會讓她們敬服妳，怕妳，但不會恨妳。因為妳不勉強她們做事，妳給了她們選擇，而我以前卻會逼迫她們。如今看妳行事，才知道要達到自己目的，逼迫是最下乘的手段。」

我想了會便說：「明天讓方茹練習新的歌舞，命她和惜惜一塊學唱公主的戲，讓秋香和芷蘭學唱將軍的戲，誰好誰就登臺。一來有點壓力才能盡力，二來若是有什麼意外也有人補場。」紅姑點頭答應。

我站起道：「歌舞的細節妳和樂師商量著辦就成，我的大致想法都已告訴妳們，但我對長安城人的想法不如妳們了解，妳若有覺得不妥當的地方，就照自己意思改吧！沒什麼特別事情我就先回家了。」

話一出口驀然驚覺，「家」？我何時學會用這個詞了？

紅姑送我出門，笑道：「其實妳住在這裡多方便，我們姐妹在一起玩的也多，何苦每天跑來跑去？」

我笑著朝她努了下嘴，沒有搭她的話，自顧上車離去。

◈ ◈ ◈

看到天邊那輪圓月時，我才驚覺又是一個滿月的夜晚。狼兄此時肯定在月下漫步，也許會不時對著月亮長嘯。牠會想我嗎？不知道。我不知道狼是否會有思念的情緒，回去時可以問問牠。或者牠此時也有個伴了，陪牠一同仰首望月。

長安城和西域很不同，這裡屋宇連綿，瓦牆高聳，視野總會有阻隔；而在草原大漠，總是一眼望到天與地相接處。不過此時我坐在屋頂上抬頭看天空也是一樣的，都是廣闊無垠。

我摸摸手中的笛子，一直忙著和樂師編排歌舞，很長時間沒有碰笛子，剛學會的《白頭吟》也不知是否還吹得全。

錯錯對對，停停起起，一首曲子被我吹得七零八落，但我很開心，不能對著月亮長嘯，對著月亮吹吹曲子也是很享受。我又吹了一遍，順暢不少，對自己越發滿意起來。

正對著月亮志得意滿，無限自戀之際，一縷笛音緩緩響起，悠揚如天女展袖飛舞，婉轉如美人蹙眉低泣。

九爺坐在院中吹笛。同樣是笛曲，我的如同沒吃飽的八十歲老嫗；他的卻如浣紗溪畔嬌顏初綻的西子。他的笛音彷似牽引著月色，映得他整個人身上隱隱有著光華流動，越發襯得一襲白衣風華絕代。

一曲終了，我還沉浸在遭受打擊的情緒中。九爺隨手把玩著玉笛，微仰頭看著我道：「《白頭吟》雖有激越之音，卻是化自女子悲憤中。妳心意和曲意不符，所以轉和處無以為繼。我第一次聽人把《白頭吟》吹得歡歡喜喜，幸虧妳氣息綿長，真是難為妳了。」

我吐了下舌頭，笑道：「我就會這一首曲子，趕明兒學首歡快點的。你吹得真好聽，再吹一首吧！吹首高興點的。」我指了指天上的月亮，認真地說：「皎潔的月亮，美麗的天空，還有你身旁搖曳的翠竹，都是快樂的事情。」

其實人很多時候還不如狼，狼會為了一輪圓月而情緒激昂，人卻往往視而不見。

九爺盯著我微微愣了一瞬，點頭道：「妳說得對，這些都是快樂的事情。」他仰頭看了一眼圓月，舉起笛子又吹了起來。

我不知道曲目，可我聽得出曲子中的歡愉，彷彿春天時的一場雨，人們在笑，草兒在笑，樹也在笑。

我盯著凝神吹笛的九爺，雖不懂他眉眼間若有若無的黯然，但我希望能化解。青藍天幕，皓月側懸，夜色如水，我們一人坐在院內，一人抱膝坐在屋頂，翠竹為舞，玉笛為樂。

方茹送行即將出征的大將軍，心中有千言萬語，奈何到了嘴邊只剩一個欲語還休。方茹雍容華貴地淺笑著，眼中卻是淚花點點。臺上只有一縷笛音若有若無，欲斷不斷，彷彿公主此時欲剪還連的情思。

台下鬨然叫好，幾個在台下陪客人看歌舞的姑娘都頻頻拭淚。紅姑嘆道：「沒想到方茹唱得這麼好，前幾場還有些畏場，如今卻收放自如。」

我點著頭，「的確是，我想要的意境，無聲勝有聲，她居然都演了出來。」

紅姑透過紗簾，環顧了一圈眾人道：「不出十日，落玉坊必定紅透長安。」我笑了下，起身走出閣樓。

四月天，恰是柳絮飛落，牡丹吐蕊，櫻桃紅熟時，空氣中滿是勃勃生機。我剛才在紅姑面前壓著的興奮漸漸透了出來，前面會有什麼等著我？我藏在歌舞中的目的，是否能順利實現？

除了看門人和幾個主事的，丫頭僕婦都偷偷跑去看歌舞。園子裡本來很清靜，卻忽起喧譁聲，好一會仍然未停。我微皺了下眉頭，快步走去。

主管樂師的陳耳正推著一個青年男子向外走，見我來，忙住了手行禮道：「這人問我們要不要請樂師，我說不要，他卻糾纏不休，求我聽他彈一曲。」

男子聽到陳耳的話，忙向我做了一揖。他一襲舊長袍，寬大的袖口處已經磨破，但漿洗得乾淨，眉目清秀，臉上雖有困頓之色，神情卻坦蕩自若。

我對他的印象甚好，不禁問道：「你從外地來？」

「正是，在下李延年，初到長安，擅琴會歌舞，希望落玉坊能收留。」

我笑道：「能不能收留，要看你的琴藝。你先彈一曲吧！陳耳，給他找具好琴。」

李延年道：「不用了，琴就是琴師的心，在下隨身帶著。」一面說著，一面解下縛在背後的琴。我伸手做了個請的手勢，舉步先行。

李延年將琴小心翼翼地放在案上，低頭默默看著琴，一動未動。陳耳有些不耐煩起來，正欲出聲，我看了他一眼，他立即收斂神色。半晌後，李延年才緩緩抬手。

山澗青青，碧波蕩蕩，落英繽紛，鳥鳴時聞。李延年琴聲起時，我竟然覺得自己置身於春意盎然的秀麗山水間。我雖然對琴曲知道的不多，可這樣的音色可說是一聽便知絕妙。

曲畢聲消，我意猶未盡，本想再問問陳耳的意見，可看到陳耳滿面震驚和不能相信之色，心中已明白無論花多少錢都要留住此人。

我微欠了下身子，恭敬地道：「先生琴技非凡，就是長安城中最有名的天香坊也去得，為何來我這裡？」

李延年對於我的恭敬似頗不適應，低下頭說：「實不相瞞，在下已經去過天香坊。在下是家中長子，父母俱亡，帶著弟妹到長安求一安身之處。天香坊本願收留我們兄妹，但妹妹昨日聽聞有人議論落玉坊新排的歌舞《花月濃》，突然就不願意去天香坊，懇求在下到這裡一試，說務必讓編寫此歌舞的人聽聽在下的琴曲。」

我有些驚訝地看著李延年，「令妹聽聞《花月濃》後，居然求先生推拒了天香坊？」

李延年道：「是。貴坊的《花月濃》的確別出機杼。」

我笑起來，《花月濃》是一齣投機取巧的歌舞，曲子很一般，落在他這樣的大家耳中也的確只配一句「別出機杼」。不過這個妹妹倒是令我好奇，我編排歌舞的用意瞞過了紅姑和吳爺，居然沒有瞞過她。

我自小背的是權謀之術，阿爹教的是世情機變，其後更親身經歷一場滔天巨變，進入石府後又費心收集長安城權貴的消息，而她剛進長安，心中就對一切剔透，真正聰明得令人害怕。她行事又堅毅果斷，困頓之中流落長安，竟拒絕天香坊，選擇一個聲名初顯的歌舞坊。她既然約略明白我的意圖，特意讓哥哥進入落玉坊，所圖為何？她為什麼也想結識平陽公主？

我細細打量著李延年，他長得是男子中少見的俊秀，如果他妹妹也是姿容出眾，那……我可非留下此人不可。

「不管天香坊給你多少錢，我出它的兩倍。」

李延年神色平淡，也沒有顯得多高興，只是向我做了一揖，「多謝姑娘。」陳耳在旁笑道：「以後該叫坊主了。」

「園子裡的人都叫我玉娘，先生以後也叫我玉娘吧！」

李延年道：「玉娘，不必叫在下先生。」

「那我就稱呼先生李師傅吧！不知師傅兄妹如今住哪裡？」

「初來長安時住客棧，後來……後來……搬到城外一個廢棄茅屋中。」

我了然的點點頭，「我剛到長安時，還在長安城外的樺樹林露宿過呢！」李延年抬頭看了我一眼，雖一言未發，眼中卻多了分暖意。

「園子裡空屋還有不少，你們兄妹若願意，可以搬進來住。」李延年沉吟未語。我接著說：「李師傅可以領弟妹先來看一看，彼此商量後再做決定。如果不願意住，我也可以命人幫你們在長安城另租房子。眼下天色還不算晚，李師傅回去帶弟妹來看屋子還來得及。」

李延年作揖道：「多謝玉娘。」

我站起身對陳耳吩咐送一下李師傅，又對李延年道：「我還有事要辦，就不送師傅了。」說完轉身離去。

我命僕婦收拾打掃屋子，又命丫頭去叫紅姑。紅姑匆匆趕來道：「正在看歌舞，妳人怎麼就不見了？怎麼打掃起屋子？誰要來住？」

我笑吟吟地看著擦拭門窗的僕婦，「我新請了一位琴師。」

紅姑愣了下，「一位琴師不用住這麼大個院子吧？何況不是有給琴師住的地方嗎？」

我回頭道：「等妳見了就明白。對了，叫人給石府帶個話，說我今日恐怕趕不回去。」

紅姑困惑地看著我，「究竟什麼人，竟然值得妳在這裡等？明天見不是一樣？」

意，我想見見這個極其聰明的女子。」

我側頭笑道：「聽過伯牙、子期的故事嗎？一首曲子成生死知己。我和此人也算聞歌舞知雅

◈ ◈ ◈

天色黑透時，李延年帶著弟妹到了園子。我和紅姑立在院門口，等僕人領他們來。紅姑神色雖平靜，眼中卻滿是好奇。

李延年當先而行，一個眉目和他三、四分相像，但少了幾分清秀，多了幾分粗獷的少年隨在他身後。而他身旁的女子……

一身素衣，身材高挑，行走間充滿著舞蹈般的優雅。她身形偏於單薄，但隨著步子輕盈舞動的袍袖卻將單薄化成了飄逸。紅姑喃喃道：「原來走路也可以像一曲舞蹈。」

輕紗覆面，我看不到她的容貌，但那雙眼睛就已足夠。嫵媚溫柔，寒意冷冽，溫暖親切，刀光劍影。短短一瞬，她眼波流轉，我竟然沒有抓到任何一種。刀光劍影?!有趣！我抿嘴笑了起來。紅姑低低嘆了口氣，這個女子居然單憑身姿，就讓看過無數美女的紅姑無話可說。

李延年向我行禮，「這位是舍弟，名廣利。這位是舍妹，單名妍。」兩人向我行禮，我微欠身子，回了半禮。

我帶著李延年兄妹三人看屋，李廣利顯然非常滿意，滿臉興奮地不停跑進跑出。李延年臉上雖沒有表情，可看他仔細看屋，應該也是滿意。李妍沒有隨兄長走進屋子，眼光只淡淡在院中掃了一圈，而後落在我臉上。

我向她欠身一笑，她道：「家兄琴藝雖出眾，可畢竟初到長安城，還不值得坊主如此。」她的聲音沒有一般女孩子的清脆悅耳，而是低沉沉的，讓人需凝神細聽。可你一凝神又會覺得這聲音彷佛黑夜裡有人貼著你的耳朵低語，若有若無地搔著你的心。

我聳了下肩膀，「我很想做得不那麼引人注意，可我實在想留住你們，而不僅僅是李師傅。而且我喜歡一次完畢，懶得過幾日讓你們又搬家，我麻煩，你們也麻煩。」

李妍道：「我們？」

我笑道：「令兄琴藝出眾，容貌俊秀。李姑娘僅憑歌舞已能揣摩我的意圖，我豈能讓知音失望？」我有意加重了「意圖」和「知音」二字。

李妍眼裡慢慢盈出笑意，「坊主果然心思玲瓏。」

我不知道女子間是否也會有一種感覺叫「惺惺相惜」，但這是我唯一能想出形容我此時感覺的詞語。我側頭笑起來，「彼此彼此，我叫金玉。」

她優雅地摘下面紗，「我叫李妍。」

我不禁深吸口氣，滿心驚嘆。不是沒有見過美人，但她已經不能只用美麗來形容。原來天下真有一種美可以讓人忘俗，如果星辰為她墜落，日月因她無光，我不會覺得奇怪。

第五章

窗影

紗窗竹屋，一燈如豆，火光青螢，
他的身影映在窗扉上，似乎也帶上了夜的寂寞。
我坐在牆頭聽完曲子後，才悄無聲息地跳下地，
站了半晌，他依舊坐著一動未動。
我站在窗戶外，恰好靠在他的影子上，
我手抬起又放下，放下又抬起，終於指尖輕輕觸到他的臉上。

《花月濃》上演的第六日，雖然價錢已翻倍，歌舞坊內的位置仍全部售空，就是明後兩日的也已賣完。

因為我早先說過，除了各自客人給的纏頭，月底會根據每人在歌舞中的角色按比例分成，坊內各姑娘都臉帶喜色，就是方茹嘴邊也含著一絲笑意。她一曲成名，如今想見她的纏資快要高過天香坊最紅的歌女，而且就是出得起纏資，還要看方茹是否樂意見客，所以一般人能見到她的機會只剩一天一場的《花月濃》。

歌舞坊內除了底下以茶案賣的位置，高處還設有各自獨立的小廂房，外面垂了紗簾和竹簾，方便女子和貴客聽曲看舞。

我帶著李延年兄妹在其中一間坐定，李延年道：「玉娘，我們坐底下就好，用不著這麼好的位置。」

我笑道：「這本就是我留著不賣的位置，空著也是空著，李師傅就放心坐吧！」

李妍看著我，眼睛忽閃忽閃的，似乎在問我留給誰？我側頭一笑，讓她猜。

一個丫頭推門而進，顧不上問好就急匆匆道：「紅姑請坊主快點過去一趟，來了貴客，紅姑說坊主親自接待比較好。」

我猛然站起，定了一瞬又緩緩坐下，小丫頭愣愣地看著我。李妍笑問：「等的人到了？」

我點了下頭，「八九不離十。紅姑自小在長安城長大，不是沒見過世面的人，若非有些牽扯，她用不著叫我過去。」

李妍問：「要我們讓出來嗎？」

我搖搖頭，「還有空房。」飲了口茶調整心緒，我這才施施然站起，理理衣裙向外行去。

長廊上，紅姑正帶著兩個人行來，看到我，臉上神色一鬆。小霍，不，霍去病玉冠束髮，錦衣華服，一臉淡漠地走著。見到我的剎那，立即頓住了腳步。我嘴角含著絲淺笑，盈盈上前行了一禮，「霍公子屈尊落玉坊，真是蓬蓽生輝，滿室生香。」

他打量了我一會，忽地劍眉微揚笑起來，「妳真來了長安！」紅姑看看我又看看霍去病，臉上表情困惑不定。

我本來存了幾分戲弄他的意思，結果他幾聲輕笑，沒有半點理虧的樣子。我有些惱，一側身，請他前行。

還未舉步，一個小丫頭提著裙子飛一般跑來，紅姑冷聲斥責：「成什麼樣子？就是急也要注意儀容。」

小丫頭忙停了腳步，有些委屈地看向我。我問：「怎麼了？」

她喘了口氣道：「吳爺來了，還有一個斯文好看、年紀二十出頭的人，吳爺管他叫石三爺，馬車裡似乎還有個人。」

我「啊」了一聲，微提了裙子就跑，猛一想起又回身匆匆對霍去病行了個禮，「突然有些急事，還望公子見諒。」我吩咐紅姑帶霍公子入座，便急著向外跑去。小丫頭在後面嚷道：「在側門。」

九爺推著輪椅緩緩而行，吳爺、天照和石風尾隨在後。我喜悅地問：「你幹嘛不事先派人說一聲呢？」

九爺含笑道：「我也是臨時起意，來看看妳究竟忙什麼，昨日竟然一夜未歸。」

我皺著鼻子笑了笑，走在他身側，「昨夜倒不是忙的，是看美人了。待會帶你見一個大美人。」他含笑未語。

我帶著他們到屋廊一側，笑吟吟地說：「麻煩兩位爺從樓梯上去，也麻煩這位石小爺一塊去。」吳爺和天照彼此對視了一眼，沒有動作，石風看他倆沒動也只能靜靜立著。九爺吩咐道：「你們先去吧！」

三人行了一禮，轉身走向樓梯，我帶著九爺進了一間窄小的屋子，說小屋子其實不如說是個木箱子，剛好容下我和九爺。無法站直身子，我索性跪坐在九爺身旁。

我抱歉地說：「為了安全，所以不敢做太大。」

關好門，拉了拉一個銅鈴鐺，不久木箱子緩緩地上升，九爺沉默了會問：「有些像蓋屋子時用的吊籃，妳特意弄的？」我輕輕「嗯」了一聲。

黑暗中，靜謐得好像能聽到自己「砰砰」的心跳。其實膏燭就在伸手可及處，我卻不願意點亮它，九爺也不提，我們就在這個逼仄的空間彼此沉默。九爺身上清淡的藥草香若有若無氤氳開，沾染在我的眉梢鼻端，不知不覺間也纏繞進了心中。

我們到時，歌舞已經開始。我正幫九爺煮茶，吳爺在我身旁低聲道：「妳好歹去看看紅姑，甩了個爛攤子給她，也不是個事呀！」

九爺聽我們低語，回頭道：「玉兒，妳若有事就去吧！」我想了想，把手中茶具交給天照，轉身出房。

紅姑一看到我，立即把捧著的茶盤塞到我手中，「我實在受不了了，霍大少的那張臉會凍死人！自他踏入園子，我就覺得我又回到了寒冬臘月天，可憐我卻只穿著春衫。我陪著笑臉、挖空心思說了一萬句話，人家連眉毛都不抬一下。我心裡怕得要死，以為我們的歌舞沒觸怒衛大將軍，卻招惹了這個長安城中的冷面霸王。可妳一出現，人家倒笑起來，搞不懂你們在玩什麼。再陪你們玩下去，我小命難保。」說著人就要走，我閃身攔住她，「妳不能走。」

紅姑繞開我，「妳可是坊主，這才是用妳的關鍵時刻。我們這些小兵打下手就成。」說著已快步走遠，只給我留了個背影。

我怒道：「沒義氣。」紅姑回頭笑道：「義氣重要？命重要？何況，坊主，我對妳有信心，我給妳搖旗助威。」

我嘆了口氣，托著茶盤慢行。立在房外的隨從看到我忙開門，我微欠了下身子表示謝意。走進房中，這位據說能改變節氣的霍大少正坐在蓆上，面無表情地看著臺上的歌舞。

我把茶盤擱在案上，雙手捧著茶恭敬地放好。看他沒有搭理我的意思，我也懶得開口，索性看起了歌舞。

霍去病隨手拿起茶盅抿了一口。此時輪到扮將軍的秋香出場，她拿著把假劍在台上邊舞邊唱，斥責匈奴貪婪嗜殺，欲憑藉一身所學保國安民。霍去病噗一聲口中茶水盡數噴出，一手扶著几案，一手端著茶盅，低著頭全身輕顫，手中茶盅搖搖欲墜。

我忙一把奪過他手中的茶盅擱回几上，又拿了帕子擦拭濺在蓆面上的茶水。他強忍著笑，點了點臺上的秋香，「衛大將軍要是這副樣子，只怕是匈奴殺他，不是他殺匈奴。」

想起匈奴人馬上剽悍的身姿，我心中一澀，強笑著欲起身回自己的位置。他拽住我道：「這歌舞除了那個扮公主的還值得一看外，其餘不看也罷。妳坐下陪我說會話，我有話問妳。」

我俯下身子道：「是，霍公子。」

「小玉，我當時不方便告訴妳身分，妳依舊可以叫我小霍。」他有些無奈地說。

「如今相信我是漢人了？」

「不知道。妳出現的十分詭異，對西域地貌極其熟悉，自稱漢人卻對中原很陌生，若我們沒有半點疑心，妳覺得正常嗎？後來和妳一路行來，才肯定妳至少沒有歹意。可我當時是喬裝去西域，真不方便告訴妳身分。」我低著頭沒有說話，他所說的都很合理。

他輕聲問：「小玉，我的解釋妳能接受嗎？」

我抬頭看著他，「我對西域熟悉是因為我在狼群中長大，我們有本能不會在大漠中迷路。我的確沒有在中原生活過，所以陌生。我認為自己是漢人，因為我這裡是漢人。」我指了指自己的心，「不過也許我哪裡人都不算，我的歸屬在狼群。我能說的就這麼多，你相信我所說的嗎？」

他凝視著我的眼睛，點了下頭，「我相信，至於其他，也許有一天妳會願意告訴我。」

只有極度自信的人才會選擇直視對方眼睛，霍去病無疑就是這樣的人。我與他對視一瞬後移開了視線，我不想探究他的內心，也不願被他探究。

他問：「妳來長安多久了？」

「大半年。」

他沉默了會問：「妳既然特地排了這齣歌舞，應該早已知道我的身分，為何不直接來找我？如果我聽聞這齣歌舞也不來看呢？」

他居然誤會臺上這一幕幕都是為他而編，此人還真是自信過頭。我脣邊帶出一絲譏諷的笑，「想找你時不知道你在哪裡，知道你在哪裡時，我覺得見不見都無所謂。」

他看著我，臉色剎那間變得極冷，「妳排這歌舞的目的是什麼？」

我聽著方茹柔軟嬌媚的歌聲，沒有回答。

他放在膝上的手猛然收攏成拳，「妳想進宮？本以為是大漠的一株奇葩，原來又是個想做鳳凰的人。」

我搖頭笑了，「不是。我好生生一個人幹嘛往那鬼地方鑽？」

他臉色放緩，看向方茹，「妳打的是她的主意？」

我笑著搖搖頭，「她的心思單純，只想憑藉這一時，為自己尋覓一個好去處，或者至少一輩子豐衣足食。我不願意幹的事情，也不會強迫別人，何況我不認為她能在那種地方生存得很好。」

「妳這也不是，那也不是，那妳究竟打的什麼主意？」

我側身看向不遠處的李研，「打的是她的主意。」

他眉毛一揚，似笑非笑地看著我，「我看妳不像是在狼群中長大的，倒似被狐狸養大的。妳的主意正打到點子上，公主已經聽說了《花月濃》，問我有沒有來過落玉坊，可見過編排歌舞的人。」

我欠了下身子，「多謝讚譽。」

他仔細聽著臺上的悲歡離合，有些出神。我靜靜坐了會，看他似乎沒有再說話的意思，正欲告退，他說道：「妳這歌舞裡處處透著謹慎，每一句都在拿捏分寸，可先前二話不說扔下我，匆匆出去迎接石舫舫主，就不怕我發怒嗎？」

當時的確有欠考慮，但我不後悔。想了下，謹慎地回道：「他是我的大掌櫃，沒有道理夥計聽見掌櫃來卻不出迎的。」

他淡淡掃了我一眼，「是嗎？我的身分還比不過一個掌櫃？」

我還未回答，房外立著的隨從稟道：「爺，紅姑求見。」他有些不耐煩地說：「有什麼事情直接說。」

紅姑急匆匆的說：「霍公子，妾身擾了公子雅興，實屬無奈，還請海涵。玉娘，聽石風小哥說舫主震怒，正在嚴斥吳爺。」

震怒？這似乎是我預料的反應中最壞的一種。我手扶著額頭，無力地道：「知道了，我會盡快過去。」又對霍去病抱歉一笑，「我要先行一步，看你也不是小氣人，就別再故意為難我。我還要趕去領罪，境況已夠淒慘。」

「難怪公主疑惑石舫怎麼改了作風。妳這夥計當得也太膽大，未經掌櫃同意就將皇家私事編成歌舞。」我沒有吭聲，緩緩站起。

他忽然道：「要我陪妳過去嗎？」

我微愣了下才明白過來，心中有些暖意，笑著搖搖頭。

他懶洋洋地笑著，一面似真似假地說：「不要太委屈自己，石舫若不要妳了，我府上要妳。」

我橫了他一眼，推門而出。

紅姑一見我，立即拽住我的手。我只覺自己觸碰到一塊寒冰，忙反手握住她，「怎麼回事？」

紅姑道：「我也不知道，是一個叫石風的小哥給我偷偷傳話，讓我趕緊找妳，說吳爺正跪著回話呢！好像是為了歌舞的事情。」

我道：「別害怕，凡事有我。」

紅姑低聲道：「妳不知道石舫的規矩。當年有人一夜之間從萬貫家財淪落街頭乞討，最後活活餓死。還有那些我根本不知道的刑罰，我是越想越害怕。」

我心中越來越沒底，面上卻依舊笑著，「就算有事也是我，和妳們不相干。」紅姑滿面憂色，沉默地陪我同行。

小風攔住我們，看著紅姑對我道：「她不能過去。」

紅姑似乎想在外面等，我道：「歌舞快完了，妳去看著點，別在這節骨眼上出什麼岔子，更給吳爺添亂。」她聽了忙點點頭，轉身離去。

我對小風道：「多謝你了。」

他哼了一聲，鼻子朝天道：「妳趕緊想想怎麼給九爺交代吧！難怪三師傅給我講課時，說什麼女子難養也。」

我伸手敲了下他額頭，惡狠狠地道：「死小子，有本事以後別討媳婦。」

深吸口氣，輕輕拉開了門。吳爺正背對門跪在地上，九爺臉色平靜，看著倒不像發怒的樣子，可眉目間再無半絲平日的溫和。天照垂手立在九爺側後方。窗邊竹簾已放下，隔斷了臺上的旖旎歌舞，屋內只餘肅穆。

聽到我進來的聲音，九爺和天照眼皮未抬一下。

統管石舫所有歌舞坊的人都跪在地上了，似乎我沒有道理不跪。我小步走到吳爺身旁，也跪在地上。

九爺淡淡說：「你下去吧！怎麼發落你，慎行會給你個交代。」

吳爺磕了個頭道：「我是個孤兒，要不是石舫養大我，也許早被野狗吃了。這次我瞞著落玉坊的事情，沒有報給幾位爺知道，九爺不管怎麼罰我都沒有怨言。可我就是不甘心，為何石舫會變得如此。比起其他商家，我們厚待下人，公平買賣，從未欺行霸市，可如今我要眼睜睜看著手下的歌舞坊一間間被人買走，要不彼此搶奪生意。每次問石二爺為何要如此，石二爺總是吩咐不許干涉，看著就行了。老太爺和老爺辛苦一生的產業就要如此被敗光嗎？九爺，你以後有何面目見……」

天照出口喝道：「閉嘴！你年紀越大膽子也越大了，老太爺教你如此和九爺說話的嗎？」

吳爺一面磕頭，一面哽咽：「我不敢，我就是不明白，不甘心呀！」說著已哭出了聲音。

九爺神色沒有絲毫變化，眼光轉向我。我毫不理屈地抬頭與他對視，他道：「妳真是太讓我意外，既然有如此智謀，一個落玉坊可委屈了妳。好好的生意不做，忙著攀龍附鳳，妳折騰這些事情究竟是為了什麼？」

吳爺抹了把眼淚，搶道：「玉娘她年紀小，為了把牌子打響，如此行事不算錯。有錯也全是我

的錯，我沒有提點她，反倒由著她亂來。九爺要罰，一切都由我擔著。」

九爺冷哼一聲，緩緩道：「老吳，你這次可是看走了眼。仔細聽聽曲詞，字字都費了功夫，哪裡是一時貪功之人能做到的？歌舞我看了，夠別出機杼。若只是為了打響落玉坊的牌子，一個尋常的故事也夠了，犯不著冒這麼大風險影射皇家私事。大風險後必定是大圖謀。」

吳爺震驚地看向我，我抱歉地看了吳爺一眼，望著九爺坦然地說：「我的確是故意的，目的就是要引起平陽公主的注意，進而結交公主。」

九爺看著我點頭道：「妳野心是夠大，可妳有沒有掂量過自己可能承擔的後果？」

「後果？不知道九爺怕什麼？石舫如今這樣，不外乎三個可能，一是石舫內部無能，沒人能打理好龐大的業務，但我知道不是。石舫的沒落伴隨著竇氏外戚的沒落，衛氏外戚的崛起，因此還有兩個可能，要嘛石舫曾與竇氏關係密切，但因當今天子對竇氏的厭惡，受到牽連；或者石舫曾與衛氏交惡，一長一消也是自然。」

天照抬眼看向我，吳爺一臉恍然大悟，表情忽喜忽憂。我繼續道：「衛氏雖然權勢鼎盛，但衛大將軍一直極力約束衛氏宗親，禁止他們仗勢欺人，連當年鞭笞他的人都不予追究。所以除非石舫與衛氏有大過結，否則石舫沒落與衛氏有關的可能性很低。所謂權錢密不可分，若想做大生意，勢必要與官府交往，更何況在長安城這官商雲集、各種勢力交錯的地方？我雖沒見過老太爺，也能遙想他當年風采，我估計老太爺定是曾與竇氏交好。」

九爺拿起桌上的茶抿了一口，「妳既然明白，還要如此？」

我道：「如果再早三、四年，我自然不敢，可如今事情是有轉機的。」

天照和吳爺眼睛一亮，定定看著我，九爺卻是波瀾不興，擱下茶盅淡然地道：「金玉姑娘，石舫底下有幾千口子人吃飯，他們沒有妳的智謀，沒有妳的雄心，也不能拿一家老小的命陪妳玩這個遊戲。從今日起，落玉坊就賣給姑娘，和石舫再無任何關係，姑娘如何經營落玉坊是姑娘自己的事。天照，回府。」面色雖然溫和，卻因為極致的淡然，更顯得一切與己無關的疏遠和冷漠。

我不能相信的看著他，他卻不再看我一眼，推著輪椅欲離開。因為我和吳爺正跪在門前，輪椅過不去，他看著門道：「煩請兩位讓個道。」語聲客氣得冰冷，凍得人心一寸寸結冰。

我猛然站起，拉開門急急奔了出去，小風叫了聲「玉姐姐」，我沒有理會，只想快快離開這裡，離他遠一些，離這寒冷遠一些。

奔出老遠，忽然想起他要如何下樓，可他肯定不願意別人觸碰他的身體。我緊咬著牙，惱得猛跺幾腳又匆匆往回跑，吩咐會操作那個木箱子的人轉告天照和石風如何下樓。

◈ ◈ ◈

「凡用兵之法，將受命於君，合軍聚合。泛地無舍，衢地合交，絕地無留，圍地則謀，死地則戰，途有所不由，軍有所不擊，城有所不攻，地有所不爭，君命有所不受……」

我心有所念，停住了筆。為什麼？當日被九爺神態語氣所懾，竟然沒有仔細琢磨他所說的話。

按他所說，因為顧及石舫手下數千人，所以不許我生事。可我們託庇於官家求的只是生意方便，並不會介入朝堂權力之爭，甚至更要刻意與爭鬥疏遠。既然當年竇氏外戚沒落都沒有讓石舫幾千人的人頭落地，我依託於行事謹慎的公主，豈不是更穩妥？只要行事得當，日後頂多又是一個由盛轉衰，難道境況會比現在更差？九爺究竟在想什麼？難道他眉宇間隱隱的悒鬱不是因為石舫？

聽到推門的聲音，我身形未動，依舊盯著正在抄錄的《孫子兵法》發呆。李妍將一壺酒放在我面前，「妳還打算在屋子裡悶多久？」

我擱下毛筆看著她：「紅姑請妳來的？」

李妍垂目斟酒，「就是她不讓我來，我也要自己來問個明白。妳把我們兄妹安置到園子中，總不是讓我們白吃白喝吧？」說著將酒杯推給我，「喝點嗎？這東西會讓妳忘記一些愁苦。」

我將酒杯推回去，「只是暫時的麻痺而已，酒醒後一切還要繼續。」

李妍搖搖頭，笑著舉起酒杯一飲而盡，「妳不懂它的好處。它能讓妳不是妳，讓妳的心變得一無負擔，輕飄飄的。雖然只是暫時，可總比沒有好。」

我沒有吭聲，拿起桌上茶盞抿了一口。李妍一面慢慢啜著酒，一面問道：「妳有何打算？」

我捧著茶出了會神，搖搖頭道：「我不知道。我原本是想替石舫扭轉逐步沒落的局面，可突然發現原來沒有人需要我這樣做，只是自己一廂情願。李妍，我是不是做錯了？」

「金玉，如此愚蠢的話妳也問得出？人生不管做什麼都如逆水行舟，沒有平穩，也不會允許妳原地踏步，如果妳不奮力劃划槳，只能被急流推後。即使落玉坊守著一份不好不壞的生意做，守得住嗎？天香坊咄咄逼人，背後肯定也有官家勢力，石舫不少歌舞坊都被它擠垮和買走，妳甘心有一日臣服於它腳下嗎？」

我意味深長地笑道：「妳到長安日子不長，事情倒知道的不少。」

李妍面色變換不定，忽握住我的手，盯著我低聲道：「妳我之間明人不說暗話，從我猜到妳歌舞意圖時，妳肯定也明白我所要的，我需要妳助我一臂之力。」

我雖沒有將手抽脫，可也沒有回應她，只微微笑著，「即使沒有我的幫助，憑藉妳的智慧和美貌，妳也能得到妳要的東西。」

李妍看了我一會，淺笑著放開我的手，端起酒一仰脖子又是一杯。她的臉頰帶著紅暈，泛出桃花般的嬌豔，真正麗色無雙。可她的秋水雙瞳卻沒有往日波光瀲灩，只是一潭沉寂。韶華如花，容貌傾國，可她卻嬌顏不展，愁思滿腹。

「玉娘，我可以進來嗎？」方茹柔軟的聲音傳來，語氣是徵詢我的意思，行動卻絲毫沒有這個意思。話音剛落，她已推門而進。

我嘆道：「紅姑還找了多少說客？」沒想到紅姑在外笑道：「煩到妳在屋裡待不下去為止。」

「妳進來，索性大家一起把事情說清楚。」

李妍在方茹進門的剎那已戴上面紗，低頭靜靜坐在桌子一角。方茹和紅姑並肩坐在我對面。我一面收起桌上的竹簡，一面道：「紅姑，吳爺應該和妳說了，石舫已經不要我們了。」

紅姑笑嘻嘻地道：「不知道我這麼說，妳會不會惱，反正這話我是不敢當著吳爺的面說。吳爺掌管的歌舞坊，石舫這次全都放手了，說是為了籌集銀錢做什麼藥草生意，只要在一定時間內交夠錢，就都可以各自經營。也允許外人購買，但會對原屬於石舫的人優惠。吳爺如今一副家破人亡的頹敗樣子，整日在家待著。可我聽了此事可開心著呢！沒有石舫束手束腳，我們不是正好愛幹什麼就幹什麼？」

全放手了？我低頭盯著桌面未語。紅姑等了好一會，見我沒有半點動靜，伸手推了我一下，「玉娘，妳怎麼了？」

我反應過來，忙搖了搖頭，想了想道：「妳們願意跟著我，我很感激，但妳們有沒有想過，我會帶妳們到什麼地方？前面是什麼？就拿這次的歌舞來說，一個不好也許就會激怒天家，禍患非同一般。」

紅姑搖頭笑道：「我心裡就盤算清楚了一件事情，那就是如果真有禍，要砍腦袋，那第一個要砍的也是妳，我們頂多就是糊裡糊塗的從犯。但如果有富貴榮華，妳卻不會少了我們。何況，我看妳一沒瘋、二沒傻，估計不會把自己腦袋往刀口送，所以我放心得很。」

方茹低頭纏繞著手上的絲帕，等紅姑說完，她抬頭看向我，細聲細語地道：「今日孫大人要我陪酒，我不樂意就拒絕了。他雖一肚子氣，卻絲毫不敢發作，因為他知道衛大將軍麾下的公孫傲將軍、皇后娘娘和衛大將軍的外甥霍公子、御史大夫李大人的侄子、李廣將軍的公子李三公子都來看過我的歌舞。李三公子還賜我絲綢，霍公子也賞了我錦羅。」

我笑著搖搖頭，看向紅姑，她笑道：「妳一直悶在房中看書，我根本沒有機會和妳說這些事情。」

方茹繼續道：「前方有什麼我不知道，但我知道如果不是妳，我沒有資格對孫大人說『不』字。就是園子裡的其他姐妹，如今實在不願見的人也都不見。以前勉強自己，一是為錢，可如今歌舞演一日，只扮個丫頭都收入不少；二是當年不敢輕易得罪客人，可現在園子裡來過什麼人，那些客人心裡也清楚。紅姑對我們很是維護，反倒是他們不敢輕易得罪我們園子。」

紅姑聽到方茹誇讚她，竟頗有些不好意思，趕著給自己倒茶，避開我們的眼光。我笑道：「短短幾日，紅姑妳可做了不少事情呀！」紅姑低頭忙著喝茶，好像沒有聽到我的話。

李妍仍舊低頭而坐，彷彿根本沒有聽我們在說什麼。我看了她一眼，一拍手道：「那我們就繼續，只要我一日不離開長安，我們就努力多賺錢。」

紅姑抬頭說：「要把生意做大，眼前就有一個極好的機會。自妳初春掌管歌舞坊到現在，我們的進帳是日日增加，加上我自己多年的積蓄，剛夠買下落玉坊。不過不是每個歌舞坊都能像我們，可以及時籌措一大筆銀子，我們只要有銀子就可以乘機……」我微點了下頭，示意我明白，口中卻打斷她的話，「各位沒什麼事情就散了吧！我在屋中憋了幾日，想出去走走。」

方茹向我行了個禮，先行離去，紅姑也隨在她身後出門。

我起身對李妍做了個請的動作，「不知美人可願陪鄙人去欣賞一下戶外風光？」

李妍優雅地行了個禮道：「雅意難卻，願往之。」

我倆眼中都帶著笑意，並肩而行。李妍道：「妳晚上可是要去一趟石舫？」我輕嘆了口氣，沒

有回答。

「石舫舫主倒真是一個古怪人，好端端的為什麼不做風險小的歌舞生意，卻去做市價波動大的藥材生意？捨易求難！妳若還關心石舫，倒真是應該去問個清楚。」

我笑著岔開話題，和她談起這時節長安城外有哪些地方好玩，商量著我們是否也該去去。

湖邊的垂柳枝繁葉茂，幾個丫頭正在湖邊打打鬧鬧地玩著，一個丫頭隨手折了一大把柳枝，一人分了幾根打著水玩。

李妍眼中閃過不悅之色，微皺了下眉頭撇開眼光，對我道：「我先回房了。」我點了下頭，她轉身匆匆離去。我因她的神色，心裡忽地一動，似想到了什麼卻沒有捉住，只得先擱下。

幾個丫頭看見我們，都是一驚，忙扔了柳枝趕著行禮請安。我一言未發，走過去把柳枝一根根撿起，看著她們問道：「這柳枝插在土中還能活嗎？」

幾個女孩子彼此對視，一個年紀大的回道：「現在已經過了插柳的時節，只怕活不了。」

「把這些交給花匠試一下吧！仔細照料著，也許能活一、兩株。」丫頭滿臉困惑地接過，我溫和地說：「如果為了賞花，把花摘下供在屋中或者戴在髮髻上，花並不會怪妳；如果是為了把柳條採下編製成柳籃，物盡其用，柳也願意。可如果只是為了摘下後扔掉，就不要碰它們。」

幾個丫頭根本不明白我在說什麼，但至少聽懂我不高興看見她們折柳枝，臉上都現出懼色。我無奈地揮了揮手，讓她們走，丫頭們忙一哄而散。她們生長在土地肥沃的中原大地，根本不明白綠色是多麼寶貴。

我想起了阿爹，想起西域的漫漫黃沙地，強壓下各種思緒，心卻變得有些空落落，站在岸邊望著湖對面的柳樹發呆。她們不明白，可李妍的生氣，是因為她明白？李妍絕不是一個對著落花就灑淚的人。再想著自李妍出現後，我心中對她諸多解不開的疑惑，心中一震，剎那想到李妍可能的身分，我「啊」的失聲叫了出來。

沒想到身後也傳來一聲叫聲，我立即回身。霍去病正立在我身後，我這一急轉身，差點撞到他胸膛上，忙下意識的後躍，待想起我身後是湖水，再想迴旋卻已無著力處。

霍去病忙伸手欲拉我，但我是好身手反被其誤，我躍得太遠，兩人的手還未碰及，就跌進了池塘中。

我是跟狼兄學的游水，這個游水的動作絕對和美麗優雅、矯若遊龍、翩若驚鴻等詞語背道而馳。我往岸邊游，霍去病卻在岸上放聲大笑，笑到後來捂著肚子差點軟倒在地上，「妳可真是被狼養大的，這個姿勢、這個姿勢，哈哈哈……妳就差把嘴張著，舌頭伸出來了……」他的話語全淹沒在笑聲中。

我怒從心起，惡向膽邊生，一面雙手一前一後地划著水，一面張嘴學狼的樣子吐著舌頭。笑死他！他慘叫一聲，用手遮住眼睛，蹲在地上埋著頭自顧自地笑。

我游到岸邊，他伸出右手欲拖我上岸。我本不想理會他，但轉念一想又緊緊抓住他的手，他剛想用力，我立即狠命一拽，屏住呼吸沉向水底。

出乎意料的是他沒有反抗，手微緊了下就順著我的力量跌入湖中。我惡念得逞，正要鬆開他的手，他卻緊拽著沒有放。我們在湖底隔著碧水對視，水波蕩漾間，他一頭黑髮在水中張揚，襯得眉眼間的笑意越發肆無忌憚。

我雙腿蹬水向上浮去，他牽著我的手也浮出水面。到岸邊時，他仍舊沒有鬆手的意思，我另一手拇指按向他胳膊上的麻穴，他一揮手擋開我，反手又順勢握住了我這隻手。我嫣然一笑，忽然握住他雙手，藉著他雙手的力量，踢向他胯下。他看我笑得詭異，垂目一看水中，慘叫一聲忙推開我，「妳這女人心怎麼這麼毒？真被妳踢中，這輩子不是完了？」

我扶著岸邊一撐，躍上了岸。五月天衣衫本就輕薄，被水一浸，全貼在身上。他在水中嘖嘖有聲地笑了起來。我不敢回頭，飛奔著趕回屋中。

匆匆進了屋子，我一面換衣服，一面給屋外的丫頭心硯吩咐道：「通知園子裡所有人，待會霍公子的隨從要乾淨衣服，誰都不許給，就說是我說的。男人的衣袍恰好都洗了，女人的衣裙倒是不少，可以給他一、兩套。」心硯困惑地應了聲，匆匆跑走。我一面對著銅鏡梳理濕髮，一面抿嘴笑起來。在我的地頭嘲笑我，倒要看看究竟誰會被嘲笑。

◈ ◈ ◈

吃晚飯時，紅姑看著我道：「霍大少今日冷著臉進了園子，歌舞沒看一會，人就不見了。再回頭，他的隨從就問我們要乾淨的衣服，可妳有命在先，我們是左右為難，生怕霍大少一怒之下拆了園子。長安城裡誰都知道得罪衛大將軍沒什麼，可如果得罪了霍大少，只怕真要替自己準備後事了。」

我笑著給紅姑夾菜，「那妳究竟給是沒給？」

紅姑苦著臉道：「沒給，可我差點擔心死。小姑奶奶，你們怎麼玩都成，但別再把我們這些閒雜人等攪和進去。女人經不得嚇，老得很快。」

我忍著笑，「那妳們可見到霍大少了？」

紅姑道：「沒有，後來他命人把馬車直接拉到屋前，又命所有人迴避，然後就走了。只是……只是……」

我急道：「只是什麼？」

紅姑也笑起來，「只是……只是霍大少走過的地面都如雨下，他坐過的屋子，整個蓆子都濕透了，墊子也是濕的。」我忙扔了筷子，捂著肚子笑起來。

自從當今天子獨尊儒術後，對孔子終其一生不斷宣揚的「禮」，要求也非同一般。所謂「德從禮出，衣冠為本」，冠服是「禮治」的基本要求。長安城上自天子下到平民，都對穿衣很是講究，而霍去病更是玉冠束髮、右衽交領、高冠博帶，氣度不凡。此次可有得他煩了，若不幸被長安城中的顯貴看見，只怕立即成為朝堂上的笑話。

眼前掠過他肆無忌憚的眼神，我忽然又覺得自己笑錯了。他會在乎嗎？不會的。他不是一個會被衣冠束縛的人，能避則避，但如果真被人撞見，只怕他要嘛是冷著臉，若無其事地看著對方，反

讓對方懷疑是自己穿錯了衣服，如今長安城正流行「濕潤裝」；要嘛是滿不在乎地笑著，讓對方也覺得這不是什麼大不了的事情。

◈ ◈ ◈

耳邊風聲呼呼，這是我到長安後，第一次在夜色中全速奔跑，暢快的忍不住想振臂長嘯。

到石府時，我停下看了會院牆，扔出飛索借力而上。腳還未落地，已經有兩個人分從左右向我攻來。我不願還手傷了他們，只盡力閃避，兩人身手卻是不弱，把我逼向了牆角。

平日在府中從未覺得石府戒備森嚴，此時才知道外鬆內緊。掃眼間，覺得站在陰影處的人似乎是石伯，忙叫道：「石伯，是玉兒。」

石伯道：「你們下去。」兩人聞聲立即收手，退入黑暗中。石伯佝僂著腰向我走來，「好好的大門不走，幹嘛扮成飛賊？」我扯下臉上的面紗，嘟著嘴沒有說話。

石伯看著我笑起來，隨即轉身離去，又道：「唉！搞不懂你們這些娃子想些什麼，九爺應該還沒歇息，妳去吧！」

我哼道：「誰說我是來找九爺的，是好幾日沒有見石伯，來看看石伯。」

石伯頭未回，呵呵笑著說：「年紀大了，得早點歇著，折騰不起。下次來看我記得早些來，這次就讓九爺代我見客吧！」說著人漸漸走遠。

我立在原地發了會呆，一咬唇，提足飛奔而去。

一縷笛音縈繞在竹林間，冷月清風，竹葉蕭瑟，我忽地覺得身上有點冷，忙加快了腳步。

紗窗竹屋，一燈如豆，火光青螢，他的身影映在窗扉上，似乎也帶上了夜的寂寞。我坐在牆頭聽完曲子，才悄無聲息地跳下地，站了半晌，他依舊坐著一動未動。

我站在窗外，恰好就靠在他的影子上，把手抬起又放下，放下又抬起，終於指尖輕輕觸到他的臉上。

這是你的眉毛，這是你的眼睛，這是你的鼻子，這裡是……是你的唇，我指頭輕碰了下，心中一顫，又趕緊移開。指腹輕輕滑過他的眉眼，我看不見，可我知道這裡籠罩著一層煙霧，我可否為風，吹開那層煙霧？你是他的影子，那你應該知道他的心事，他究竟為什麼不開心？告訴我！

窗戶忽地打開，他的臉出現在我面前，我的手還在半空中伸著，離他的臉很近很近，近得我似乎能感受到他的體溫，但終是沒有碰到。

心中說不清什麼滋味，遺憾或是慶幸？我朝他傻傻笑著，縮手藏在背後。他也溫和地笑起來，「來了多久？」

我道：「剛到。」

「外面夜露重，不要急著走，進來坐一會。」我點頭進了屋子。他關好窗子，推著輪椅到桌前，隨手將玉笛擱在桌上。

我低頭盯著桌上的清油燈，燈芯上已經結了紅豆般的燈花，正發出「啪啪」的細碎爆裂聲，我隨手拔下頭上的一支銀簪，輕挑了下燈芯，燈火變得明亮許多。

我將銀簪插回頭上，問道：「為何不用膏燭？怎麼學平常人家點著一盞青燈？」

他注視著燈道：「老人說『燈火爆，喜事到』，我想看看準不準。」

我的心立即突突地跳起來，假裝若無其事地問：「那準是不準？」

他嘴角慢慢揚起一個好看的弧度，沒有回答我的話，淺笑著說：「我還聽說青燈可鑒鬼，鬼來時燈光就會變綠。我頭先看著燈光發綠，才開窗一探究竟，妳剛才站在外面，可覺得身邊有什麼？」

我掩嘴笑起來，「據說鬼都愛俊俏的男子，喜歡吸他們的陽氣，倒是你要小心了。」

「我看妳真是天不怕地不怕，世上可有讓妳忌憚之物？」

我差點張口而出道：「你！」可我不敢，也不願破壞這燈下的言笑晏晏。

我眼珠子骨碌轉了一圈，笑著問：「九爺，我聽小風說你還會看病？那以後我們病了，是不都可以省下請大夫的錢了？」

九爺淺笑，「久病成醫，從小全天下最好的大夫就在府中進進出出，有的一住就是一年半載，聽也聽會了。」

他雖笑著，我卻聽得有些難過，側頭看向窗子，如果現在有人在外面看，那應該是兩個影子映在窗上，彼此相挨，黑夜的清冷不會影響他們。

「妳在笑什麼？」

我笑著，「覺得歡喜就笑了，需要原因嗎？」他也淺淺笑起來。

「你笑什麼？」我問。

他含笑道：「覺得歡喜就笑了，不需要原因。」

兩人默默坐著，我拿起桌上的玉笛撫弄著，隨意湊到嘴邊輕輕吹了幾個不成調的曲子。他的神色忽有些奇怪，轉臉移開了視線。我困惑了一下，隨即反應過來，溫潤的玉笛似乎還帶著他雙唇的濕意，心慌中帶著一點喜悅，把笛子又擱回了桌上。

不一會，他神色如常地回過頭，「天晚了，回房歇息吧！」

「你還肯讓我住這裡？」

「那本就是空房，就是一直為妳留著也沒什麼，只是如今妳有自己的生意要打理，來來回回並不方便。」

我想了想，「你為什麼要放棄長安城中的歌舞坊？如果我設法購買你放棄的歌舞坊，你可會反對？」

他淡然著說：「如何經營是妳的事情。把錢付清後，落玉坊和石舫再無任何關係，我們各做各的生意。」

我氣惱地看著他，心道你越要和我劃清關係，我越要不清不楚。「我沒錢，你借我些錢。」

他竟然微含著笑意說：「我只能給妳一筆夠買落玉坊的錢，別家妳既然沒有錢買，不如守著落玉坊安穩過日子。」

我眼睛睜得圓圓，滿心委屈地瞪著他，「九爺！」

他斂了笑意，凝視著我，沉吟了會方緩緩道：「玉兒，長安城的水很深，我是無可奈何，不得不蹚這潭渾水，但妳可以清清靜靜地過日子的。若想做生意，把落玉坊做好也就夠了。」

我嘟著嘴，「哪有那麼容易？我不犯人，人還會犯我呢！天香坊能放過如今的落玉坊？」

九爺含笑道：「這妳放心，我自讓它動不了妳。」

原來他還是要幫我的！我抿著嘴笑起來，「九爺，我不想做絲蘿。絲蘿攀援著喬木而生，喬木可以為絲蘿擋風遮雨，使它免受風雨之苦，可是喬木也有累的時候。或者風雨太大時，它也需要一些助力，絲蘿卻只能眼睜睜地看著，什麼都做不了。我不想靠著喬木而生，我也要做喬木，可以幫身旁的喬木同抵風雨，共浴陽光，一起看風雨過後的美麗彩虹。」

一口氣把話說完，我忽然覺得這話竟然和「妾本絲蘿，願托喬木」有點異曲同工之妙，臉剎那燒起來。

九爺眼內各種情緒交錯而過，怔怔看著我。我的心忽地七上八下，連忙低下頭，手在桌下用力絞著衣袖。

九爺沉默良久後，一字一字道：「玉兒，按妳自己的心意去做吧！」

我抬頭喜悅地看著他，他帶著幾分戲謔笑道：「不過，我還是只會借妳夠買落玉坊的錢。既然妳要做喬木，就要靠自己的本事去與風雨鬥。」

我笑著撇了撇嘴，「不借就不借，難道我就沒辦法了嗎？」

他點頭笑道：「那我就拭目以待了。」

「你為什麼要轉做藥材生意呢？」我笑問。

九爺似乎突然想起什麼，臉上的笑容有些澀，強笑著說：「我們既然已經交割清楚，以後就各做各的生意，互不干涉。」

我本來暖和的心驀然冷了幾分，不知所措地望著他，我剛才問的話哪裡錯了？

他有些無奈地看著我，「玉兒，妳和我不一樣，我這樣安排是為妳好，也是為那些歌舞坊好。」

「我們哪裡不一樣？」我緊盯著他問。

他看著我，笑了起來，但笑容透著若有若無的苦味，「回房睡覺吧！我也累了。」

他的眉宇間帶著些許倦色，我心一軟，忙站起來，「那我回去了。」他頷首，探手拿了個陶製鯉魚燈，又取了根膏燭點燃插好遞給我。我向他行了一禮，捧燈回自己的屋子。

第六章 沉醉

他吹完一曲後，柔聲向我講述哨子的音色和各個命令，
邊講邊示範，示意我學著他吹。
窗外暖風輕送，竹影婆娑，窗內一教一學，亦笑亦嗔。
不知名的花香彌漫在屋中，
欲語還休地喜悅縈繞在兩人眉梢、脣邊。
心緒搖搖顫顫，酥酥麻麻，一圈圈漾開，又一圈圈悠迴，
如絲如縷，纏綿不絕。

起得有些晚了，回落玉坊時日頭已掛得老高。紅姑正在看李妍教小丫頭們跳舞，瞟了我一眼道：「妳再不出現，我都要去報官了。」我沒有搭理她，靜靜坐下仔細看著李妍的一舞一動。

她盤膝坐在地上，只是偶爾開口指點幾句小丫頭們的舞姿，一個隨意的示範，玉手飛旋處媚眼如絲。

紅姑低聲道：「妳什麼時候讓她上臺？根本不需要任何噱頭，那些反倒拖累了她，就她一人足

以。如果再配上李師傅的琴音，那真是……」

我打斷她的話道：「妳從小練習歌舞，也曾是長安城的大家，不覺得李妍動作細微處，別有一股異樣風情嗎？」

紅姑點頭道，「不錯！我還看過她的幾個零碎舞步，她似乎將西域一帶的舞姿融進舞蹈中，溫柔含蓄處又帶著隱隱的熱烈奔放。特別是她的眼神，我曾看過西域舞孃跳舞，眼神熱情挑逗，勾人魂魄，於我們而言卻太輕浮，真正的舞伎不屑為之。但李妍卻做到了媚而不浮，眼神欲藏還露，讓人心馳神迷處，她卻仍舊高潔不染。」

小丫頭們向李妍行完謝禮後，陸續散去，從我們身邊經過時，都是躡著步子安靜地行禮。

李妍向我欠了下身子，坐在我們對面，「可請到許可金牌？」我一笑，未回答她的話，側頭對紅姑道：「要妳做一件正經事情。收集一下石舫以前放棄的，以及最近放棄的歌舞坊情形，越詳細越好。嗯，還有其他妳看著不順眼、有積怨的都一併收集拿來。」

紅姑笑道：「好丫頭，真沒讓我失望。我已經琢磨好幾天了，這就吩咐人去辦，只是錢從何處來？」

「加上落玉坊，我只打算買四家。我們手頭已經有買兩家的錢，其餘的我自有辦法。」紅姑滿臉疑惑，卻沒有再多問，只急匆匆地離去。

李妍笑看著我，點了點頭道：「不疾不徐，穩紮穩打。妳說我是妳的知音，我倒是有些愧不敢當。只要妳願意，長安城的歌舞坊遲早是妳的天下。」

我笑吟吟地說：「該汗顏的是我。長安城的歌舞坊，只怕妳還看不在眼中。」

「初次聽聞妳的歌舞時，我揣摩著妳是一個有心攀龍附鳳的人，心思機敏且善於利用情勢，現在才知道妳是真正在做生意，其他不過是妳做生意的借力而已。入了這行的女子，不管內心是否真喜歡歌舞，最終目的都是希望擺脫自己的身分，妳倒是做得怡然自得，究竟想要什麼？」

「沒有妳想的那麼複雜。我是個來去無牽掛的人，也沒有什麼權力富貴的野心，除非權力富貴能讓我快樂，否則金山銀山都抵不過大漠中的一輪圓月。我行事時的心思千奇百怪，手段無所不用，但所要卻很簡單，我只想要自己的心快樂，要自己關心的人也快樂。如果長安城不好玩，也許哪天我疲倦時又跑回西域了。」

李妍凝視著我，「妳似乎是一個沒有束縛的人，像天上的鷹。妳應該飛翔在西域的天空，長安城也許並不適合妳。」

我笑看著她問：「妳去過西域嗎？似乎很喜歡的樣子。」

李妍嫣然笑道：「倒是想去，可是沒有。只是從小聽爹爹講過很多關於西域的故事。」

紅姑滿臉又是喜色又是焦慮地飛奔進來，我戲謔地笑說：「最重儀容的人今日怎麼如此不顧形象？被妳訓過的丫頭該偷笑了。」

「現在沒功夫和妳計較，平陽公主的家奴剛來過，吩咐我們小心準備，公主一會要來。」

我「哦」了一聲，無所謂地說：「怎麼準備？要我們口中三呼千歲，到門口跪著迎接嗎？」

紅姑拽著我站起，「妳快點起來，我已經命丫頭準備了衣服首飾，趕緊裝扮。」

我被紅姑強行拖著向外急速行去，只能扭頭對李妍道：「妳回去請李師傅也準備一下。」李妍眼睛一亮。

我看著檯面上攤開的一堆首飾，「需要用假髻嗎？再加上這些金銀玉飾，我還走得動路嗎？」紅姑理都不理我，吩咐婆子和丫頭拿出全副身手替我梳頭。婆子拿著篦子沾了榆樹刨花水先替我順頭髮，一束束綳得緊緊的，疼得我眼睛眉毛皺成一團。

婆子慈眉善目地解釋道：「緊著刮出的髮髻才油光水滑，紋絲不亂。」我卻覺得她面目猙獰，吸著冷氣道：「快點吧！殺人不過頭點地，妳們這哪裡是梳頭，簡直可以列為酷刑。」

紅姑道：「我去請客人們回去，順便命人打掃屋子，換過紗帳，點好熏香。」說著就要出去，我忙示意婆子停一下，「妳打算如何和客人說？」

「這有何不好說？就說公主來，一來替我們宣揚了名聲，二來任他是誰也不敢有異議。」

「不好，妳找個妥當的托詞把他們打發走，這次的錢全部退給他們，然後答應他們下次再來園子，一律銀錢全免。」

紅姑皺了下眉頭，我道：「捨不得小錢，掙不到大錢。公主的威勢我們自然要藉助，但不能如此藉助，有些仗勢欺人了，傳到公主耳中也不是好事。」

紅姑笑道：「好！都聽妳的。」臨走時又對婆子道：「仔細梳，我去去就回。」

一個婆子、三個丫頭花了一頓飯的時間才替我梳好髮髻。又服侍我穿上紅姑準備的衣服。

「長裙連理帶，廣袖合歡襦。烏髮藍田玉，雲鬢玳瑁簪。雪臂金花釧，玉腕雙跳脫。秀足珍珠履……」

我口中喃喃自語著。我也許小家子氣，被珠光寶氣熏得頭暈目眩，紅姑說什麼就什麼，我懷疑她是否把自己全副家當都放在我身上了。

我無力地說：「可以了吧？妳得讓我想想待會見了公主說什麼……」正上下打量我的紅姑突然一聲驚叫，指著我耳朵喝道：「摘下來！」

我摸了下耳朵，上面帶著一個小小的銀環，立即聽話地拿了下來。紅姑在她的妝奩裡翻弄了會，取出一副沉甸甸的鎏金點翠花籃絡索。看來還得加一句「耳中雙絡索」。

紅姑親自替我戴好，一面絮絮道：「妝奩是唯一完全屬於女子的東西，我們真正能倚靠的就是它們，美人顏色男子恩，妳如今有些什麼？」

我只知道點頭，見她還要仔細看看我，趕忙小步跑著逃出她的魔掌。靜下心後，覺得如此盛裝有些不妥，轉念一想，算了，都折騰這麼久時間，公主應該要到了，沒時間容我再折騰一次。

園內閒雜人等都已經迴避，我立在門口，安靜地等著這個一手促成衛氏家族崛起、陳皇后被廢的女子。

公主的車輦停在門前，立即有兩個十七、八歲的侍女下車，我躬身行禮。

她們看到我的裝扮，臉上閃過一絲驚訝，隨即又流露滿意之色，向我微笑示意。看來紅姑的做法也對，人的衣冠是人的禮。

兩個女子侍奉公主下車。一身華服的平陽公主立在我面前，眉梢眼角已有些許老態，但儀容華美，氣質雍容優雅。

她柔聲道：「起來吧！今日本宮是專來看歌舞的。」我磕了個頭，起身領路，恭敬地道：「專門擇了靜室，歌舞伎都恭候公主。」

方茹、秋香見到公主很是拘謹，公主賜坐時，她們猶豫地看向我，見我微點了下頭才跪坐下。李延年卻是不卑不亢，恭敬行禮後坦然坐下，公主不禁多看了他一眼。我立即道：「這是操琴的樂師，姓李名延年。」

公主點了下頭道：「開始吧！」

「這套歌舞比較長，往常我們也是分幾日唱完，不知道公主的意思是從頭看，還是指定一幕呢？」

平陽公主看著已經站起的方茹和秋香便道：「就撿妳們最拿手的唱吧！」方茹和秋香趕忙行禮應是。

秋香先唱，是一幕將軍在西域征戰時，於月下獨自徘徊、思念公主的戲。秋香的文戲的確比武戲好很多，但更精彩的卻是李延年的琴聲。

這是我第一次命李延年為客獻曲，而且特地用了獨奏，因為他的琴藝，整個落玉坊沒人可以與之合奏。

弦弦思念，聲聲情，沙場悲壯處纏綿兒女情，彼此矛盾又彼此交映。秋香在琴聲的引領下，唱得遠遠超出她平日水準。

方茹與秋香合唱一幕送別的戲，方茹這幕戲本就唱得入木三分，再加上李延年的琴聲，立在公主下首兩側的兩個侍女眼眶都有些發紅，公主神色也微微有些發怔。

方茹和秋香還未唱完，門就被人拉開，公主的僕從稟道：「霍少爺求見公主。」話還沒完，霍去病已經大大咧咧地走了進來，公主笑道：「你還是這急脾氣，被你舅舅看見又該說你了。」

霍去病隨意行了個禮，坐到公主下首。「他說他的，我做我的，實在煩不過，躲著點也就行了。」

「躲著點？你多久沒有給你舅舅請安？我怎麼記得就過年時來拜了個年，平日都專撿你舅舅不在時來。都快半年了，好歹是一家人，你……」

霍去病忙給公主作揖，「我的好公主舅母，您這就饒了外甥吧！進宮被皇后娘娘說，怎麼連一向對我好的舅母也開始說我了？以後我可不敢再去公主府了。」公主搖搖頭，繼續聽戲。

公主一扭頭，霍去病的臉色立即從陽春三月轉為寒冬臘月，冷著臉把我從頭到腳打量了一遍，最後狠狠地瞪著我的眼睛。

我裝作沒看見，側頭看向方茹她們，他卻目光一直沒有移開。好不容易挨到戲唱完，方茹、秋香、李延年三人都跪在下面等候公主發話，他的目光才移開。

「唱得很好，琴也彈得好，不過本宮不希望這齣歌舞再演。」方茹、秋香聞言，臉上血色立即褪去。

公主看向我，我忙起身跪到公主面前磕頭，「民女謹遵公主諭旨。」

公主笑著點了下頭，揮手讓方茹她們退下。她細細看著我，點頭讚道：「好一個花容月貌，偏偏還有一副比干心腸，也算有勇有謀……」

霍去病起身走了幾步，挨著我並排跪在公主面前，打斷了公主的話，「去病要給公主請罪了。」說是請罪，臉上神色卻毫不在乎。

公主驚訝地笑道：「你也會有錯處？你們去看看今日的日頭是否要從東邊落了。」兩名侍女行禮應是，低頭退出了屋子。

「此事說來話長，還要從去病和這位金姑娘初次相識講起……」霍去病一面說話，一面自袖中探出手來握我的手。

漢人衣飾講究寬袍大袖，我們垂手跪下時，兩人的衣袖重疊在一起，正好方便他行事。待我驚覺時，他已經碰到我的手指。我立即屈中指為刺，點壓他的曲池穴。他笑著和公主說話，手下反應卻很是迅速，避開我中指的瞬間，隨即壓住我掌心，將我的手收到了他掌中。

他挺得意地笑著側頭瞟了我一眼，輕捏了下我的手。我抬頭看向公主，公主正聽到緊張處，眼睛一瞬不瞬盯著霍去病，似乎她也正被沙盜長途追擊，生死懸於一線。

我撤了力氣，手放軟，盡力縮向他掌中。他說話的聲音微微停頓了下，側頭微帶納悶地看了我一眼。

我垂著頭跪著，一動不動，緩緩用力以指甲掐他手心。拜紅姑之賜，我有三個指頭是「纖紅玉指長」。他眉頭皺了下，我嘴角含笑，倒想看他忍得了多久。

「……可我們又迷路了，沙漠中沒水又不認識路，肯定是九死一生的……哎喲！」他忽地一聲慘叫，公主正聽得入神，被他一聲慘叫嚇得差點跳起來。我也被他嚇得手一抖，緊張地看向公主，再不敢用力。

公主驚問道：「怎麼了？」

霍去病依舊握著我的手不放，「覺得好像被一隻心腸歹毒的蠍子咬了口。」公主一驚就要起身，我忙回道：「這屋子裡點著熏香，公主來之前，又特意仔細打掃過，絕不會有任何蟲蟻。」公主卻仍舊是滿面驚色，想起身的樣子。無奈之下，我求饒地看了霍去病一眼，輕輕捏了下他的手。

霍去病笑著說：「啊！看仔細了，是不小心被帶鉤刮了下。」

公主神色放鬆，笑看著他道：「毛手毛腳的，真不知道你像誰！後來呢？」

霍去病繼續講著，我一肚子火，欲再下手，可指甲剛一用力，他立即叫道：「毒蛇！」我一嚇趕忙縮回。

公主疑惑地問：「什麼？」

他一本正經地道：「沙漠中毒蛇、毒螞蟻、毒蜂什麼的不少，又喜愛咬人，不過只要你一叫，他們就不敢咬了。」公主一臉茫然，莫名其妙地點點頭，他又繼續講他的沙漠歷險記。我心裡哀嘆一聲，算了，形勢比人強，豈能不低頭？由他去吧！他也鬆了力道，只是輕輕地握著我。

等他一切講完，公主看著我，向他問道：「你說她編排這個歌舞是為了引你注意？」

「正是。」

他側頭看著我，眼神第一次寒光逼人，冷厲的脅迫，握著我的力道猛然加重，真正疼痛難忍。我腦裡念頭幾轉，忙也應道：「民女膽大妄為，求公主責罰。」

他眼光變柔，手上的力量散去，看向公主道：「所有事情都是因去病而起，還求公主饒了去病這一次。」

公主看看他又看看我，輕抿著嘴角笑起來，「好了，都起來吧！本宮本就沒打算怪罪金玉，也管不來你們的是是非非、恩恩怨怨，你自個瞎忙活一通，本宮倒樂得聽故事，只是第一次聽聞竟然有人能驅策狼群！」

霍去病滿不在乎地道：「這沒什麼希罕，走獸飛禽與人心意互通古就有之。春秋時，孔子的弟子，七十二賢之一的公冶長就精通鳥語，後來還做了孔子的女婿。舅父自小與馬為伴，也是熟知馬性，驅策如意。西域還傳聞，有能做主人耳目的鷂鷹。」

公主釋然笑道：「是呀！你舅父那匹戰馬似乎能聽懂你舅父說話，他只要抽得出時間就親自替牠刷洗，有時邊洗邊說話，竟像對老朋友一般。我看你舅父和牠在一起時，倒比和人在一起時說的話還多。」

我試探著抽手，霍去病未再刁難，只是輕捏了下就鬆開。我向公主磕頭謝恩，他也俯身磕了個頭，起身坐回公主身側。公主看著他道：「你去年說去山裡狩獵，原來是跑了一趟西域。這事若被你舅舅知道，不知道如何是好？」

霍去病哼了聲，「皇上許可了，誰敢說我？」

公主輕嘆一聲，對我道：「本宮歌舞看過，故事也聽完，喚她們進來服侍回府。」我忙起身行禮，喚侍女進來。

我跪在門前直到公主車輦行遠，人才站起。霍去病轉身看向我，我沒有理他，自顧往回走。他追了上來。我進了先前接待公主的屋子，坐在公主坐過的位置上默默出神。他陪我靜靜坐了會，忽地身子一倒，仰躺在矮榻上，「什麼感覺？」

「有點累，每句話都要想好了才能說，可偏偏回話又不能慢，跪得我膝蓋也有點疼。」

他笑起來，「那妳還打扮成這個樣子？幸虧我聽公主來，忙趕了過來，否則真是罵死妳都挽不回。」

「你多慮了。」

他猛然坐起，衝著我冷笑道：「我多慮？公主把妳獻給皇上時，妳就是十個比干心腸也沒有回頭路。」

我笑道：「如果有更好的呢？」

他一愣，「誰？這園子裡還有未露面的姑娘？妳究竟想幹什麼？」

我看著他道：「今日不管怎麼說都多謝你一番好意。我現在問你件事情，如果從我這裡，有人進了宮，你會怪我嗎？」

他淡淡笑起來，又躺回榻上，「姨母在皇上眼中已是開敗的花，各地早就在選宮女，朝中的有心人也在四處物色絕色，不是妳，也會有他人。正因為如此，公主也一直在留心。皇上駕臨公主府時，公主都召年輕貌美的女子進獻歌舞、陪酒侍奉，也有人被皇上帶回宮中，奈何總是差那麼一點，二、三次侍寢後就丟在腦後。『生女無怒，生男無喜，獨不見衛子夫霸天下？』一首歌謠，唱得有幾分顏色的都想做衛子夫，可有幾個人有衛子夫當年的花般姿容和水般溫婉？」

「更沒有幾個人有衛大將軍這樣的弟弟和你這樣的外甥。」

他笑向我拱了拱手，「我就算在外吧！在衛大將軍眼中，我就一個膏粱子弟，飛揚跋扈，奢靡浪費，衛大將軍恨不得不認我最好。」

我笑著反問：「你是嗎？」

他也笑著反問：「妳覺得我是嗎？」

我沒有回答他的問題，有些納悶地反問：「公冶長當年因為精通鳥語，被視作妖孽投進大牢，孔子為了表示公冶長絕非妖孽，才特意把女兒嫁給他。你既然擔心我會被看作妖孽，怎麼還把大漠中的事情告訴公主？」

「如果當初只有我一人，此事我是絕不會再提。可隨我一同去的人都目睹妳驅策狼群，皇上也早知道此事，瞞不瞞公主無關緊要。」我點點頭，人果然不能事事思慮周詳。

他道：「餵我幾個果子吃。」

我將盤子擱在他頭側，「自己吃！我可不是你府中的丫頭。」他笑著來拉我的手，「我府中要有妳這樣的，我何苦到妳這裡來受氣？」

我揮手打開他，肅容道：「如今正好沒人，屋子也還寬敞，我們是否要比劃一下？」

他長嘆一口氣，又躺了回去，「妳這人慣會煞風景。」

「你是不是在府中專與丫頭調情？」

他笑睨著我道：「妳隨我到府中住幾晚不就知道了？」我哼了一聲，未再搭腔。

「把妳的那個美人叫來瞅瞅，是否值得我們費功夫？」

我詫異地問：「我們？」

「有何不可？」他挑眉問道。

我低頭默想了會，「明白了，不過我覺得這件事情還是讓公主出面比較好。」

他笑起來，「和你們這些心思多的人說話真累，我說一句話，妳偏偏給我想出其他意思。我才懶得費那心力，進獻美人討好皇上，這事我做不來。不過就是喜歡說『我們』兩字，我們，我們，不是你我，而是我們，我們……」

「別說了。」

他沒有理會，依舊道：「我們，我們……」我隨手拿了個果子塞到他嘴裡，他卻沒有惱，笑著嚼起來。

我站起道：「懶得理你！我忙自己的事情去。」

他翻身坐起，「我也該回去了。」

我笑吟吟地睨著他問：「不和我去見美人？」

他似笑非笑，「妳真當我是好色之徒？」他目光炯炯地看著我，我沉默了一瞬，輕搖搖頭。

他斂去笑意，凝視著我道：「我要成就功名，何須倚仗這些手段？非不懂，乃不屑。妳若覺得好玩就去玩，只是小心別把自己繞進去。」說完一轉身，袍袖飛揚間，人已經出了屋子。

◈ ◈ ◈

紅姑、方茹、秋香等都在我屋中坐著，個個垮著臉，滿面沮喪。看到我進來，全站起來沉默無聲地看著我。我笑起來，「妳們這是做什麼？放心吧！明天太陽照舊升起。」

紅姑怒道：「妳還有心情笑？歌舞不能再演，又得罪了公主，以後如何是好？」

我對方茹她們道：「妳們都先回去吧，放一百個心，以後的日子只會比現在好。禁了《花月濃》，我們難道不會排練別的歌舞嗎？何況如今方茹、秋香可是公主玉口親讚『唱得好』，有這麼一句話，還怕長安城的公子們不來追捧？」

眾人聞言，臉上又都露了幾分喜色，半喜半憂地退出屋子。

紅姑問道：「妳的意思是公主並未生氣？」

我歪到坐榻上，「生什麼氣？要氣早就來封園子，還會等到今日？」紅姑坐到我對面，替我斟了杯茶，「那好端端地為何不要我們再唱？」

我笑道：「《花月濃》講的畢竟是當朝公主和大將軍的私事，公主目的已達到，自然也該是維護自己威嚴的時候。如今禁得恰到好處，看過的人慶幸自己看過，沒有看過的人懊惱為何不及早來看，肯定按捺不住好奇心向看過的人打聽，口耳相傳，方茹和秋香算是真正在長安城紅起來了。」

紅姑一面聽一面琢磨，點頭道：「即使沒有《花月濃》，人們依舊會來看方茹和秋香。除了李妍這樣的女子，長安城各個歌舞坊中的頭牌姑娘們，誰又真能比誰好到哪裡？不過是春花秋月，各擅勝場，其餘就看各自手段。如今是再沒有人能壓過方茹和秋香的風頭。」

「坊主，有人送東西來。」外面丫頭恭聲稟道。

我納悶地問：「給我的？」

紅姑笑道：「不是給妳的，丫頭能送到這裡來？妳這人聰明時百般心機，糊塗時也傻得可笑。」隨即揚聲吩咐：「拿進來。」

一個小廝跟在丫頭身後進來，手中拎著一個黑布罩著的籠子，向我和紅姑行禮後把籠子輕放在地上。

「看來像個鳥籠子，什麼人送這東西？」紅姑說著，起身去解黑布。我問道：「誰送來的？」

小廝回道：「一個年紀不大的男子拿來的，沒有留名字，只說是給坊主。再問，他只說坊主看到就明白。」我輕輕頷首，讓他們出去。

「好漂亮的一對小鴿子。」紅姑驚嘆，「不過漂亮是漂亮，送這東西有什麼用？要是一對赤金打的倒不錯。」

我起身走到籠子前，蹲下看著牠們。羽毛潔白如雪，眼睛如一對小小的紅寶石，一隻正蜷著一腳在打瞌睡，另一隻歪著腦袋盯著我瞧。我心裡透出幾絲喜悅，命丫頭拿些穀子進來。

紅姑問：「誰送的？」她等了半晌，見我抿著唇只是笑，搖搖頭道：「妳就傻樂吧！回頭趕緊想想以後唱什麼。」話說完，人出門而去。

我把籠子放到案上，拿著穀粒餵牠們。那隻打瞌睡的鴿子一見有吃的也不睡覺了，撲著翅膀從另一隻嘴邊搶走了穀粒，另一隻卻不生氣，只是看著牠吃，我忙又在手指上放了些穀粒。

「你這傢伙這麼淘氣，就叫小淘；你這麼謙讓，就叫小謙，我叫小玉。」牠倆「咕咕」地叫著，也不知道聽懂我的話沒有，可惜我只懂狼嘯，卻不懂鴿咕。

◈ ◈ ◈

用過晚飯後，我急匆匆地趕往石府。看看大門又看看圍牆，正猶豫著走哪個更好，門已經開了一道縫，石伯探頭問：「是玉兒嗎？」

我應道：「石伯，是玉兒，您還沒歇著嗎？」

石伯讓我進去，「九爺吩咐的，給妳留門。」我忙道謝。石伯關門道：「趕緊去吧！」我行了一禮後，快步跑向竹館。

竹簾半挑著，我衝勢不減，一個旋身，未觸碰竹簾人已經盈地落進屋子。九爺笑讚道：「好身

手。」我心裡很是懊惱，怎麼如此心急大意？臉上卻只能淡淡一笑。

我坐到他身側，「多謝你送我鴿子，我很喜歡。牠們有名字嗎？我隨口給牠們起了名字。」

九爺道：「都只有編號。妳起的什麼名字？」

我道：「一個又霸道又淘氣叫小淘，一個很溫和謙讓叫小謙。」

他笑起來，「那妳是小玉了。」

我微抬了下巴，笑道：「是啊！下次介紹你就說是小九。」

他笑著未置可否，遞給我一個小小的竹哨，「據訓鴿師傅說，這兩隻鴿子是他這幾年訓練過的鴿子中最優秀的，怕牠們太早認主，放食物和水時都從未讓牠們看見。頭一個月只能餵牠們食物和水，等牠們認了妳後，就可以完全不用籠子。」

我仔細看著手中的竹哨，做得很精巧，外面雕刻了一對比翼飛翔的鴿子，底端一個小小的孔可以繫繩子，方便攜帶。

我湊到嘴邊吹了一下，尖銳刺耳的鳴叫刮得人耳朵疼，趕忙拿開。

九爺笑道：「這是特製的竹哨，不同的聲音代表不同的命令，鴿子從小接受聲音訓練，能按照妳的吩咐行事。」

我喜道：「你教我吹嗎？」

「既然送了妳鴿子，還能不教會妳用它？」說完他又拿了一個竹哨湊向嘴邊，我忙雙手捂住耳朵，卻是很清脆悅耳的聲音。

音色單調，但一首曲子吹得滴溜溜、活潑潑，像村童嬉戲，另有一番簡單動人處。
他吹完一曲後，柔聲向我講述哨子的音色和各個命令，邊講邊示範，示意我學著他吹。
窗外暖風輕送，竹影婆娑，窗內一教一學，亦笑亦嗔。
不知名的花香瀰漫在屋中，欲語還休的喜悅縈繞在眉梢、唇邊。
心緒搖搖顫顫，酥酥麻麻，一圈圈漾開，又一圈圈悠迴，如絲如縷，纏綿不絕。
眼波輕觸處，若有情，似無意。
沉醉，只因醉極的喜悅，所以心不管不顧地沉下去。

第七章

身世

我起身在屋內緩緩踱步，心情複雜，我該如何做？
我們都有恨，但是我的父親只要我快樂，
而李妍的母親只要她復仇。
屋外的琴音笛聲依舊一問一答，
隱隱的喜悅流動在曲聲中。

把玩著手中的毛筆，我思量半晌，卻仍沒有一番計較。小淘突然從窗外飛進來，直撲向我的手。我趕忙扔筆縮手，卻還是被牠把墨汁濺到衣袖上。小謙輕輕收翅停在窗櫺上，似乎帶著幾分無奈看著小淘，又帶著幾分同情看著我。

我怒抓住小淘的脖子，「這是第幾件衣服？第幾件了？今日我非要把你這個『白裡俏』變成『烏鴉黑』！」隨手拿了條絹帕往硯上一按，吸足墨往小淘身上抹去。

小淘撲搧著翅膀拚命叫，一旁的小謙似乎左右為難，不知道究竟該幫誰，「咕咕」叫了幾聲，索性臥在窗櫺上，把頭埋在翅膀裡睡覺，眼不見為淨。

小淘好像明白今日我是真怒了，反抗只會加劇自己的痛苦，逐漸溫順下來，乖乖由著我把墨汁往牠身上抹。我把牠大半個身子塗滿墨汁後才悻悻地放開牠，而案上已是一片狼藉。

門口忽然傳來鼓掌聲，「真是精彩，欺負一隻鴿子。」霍去病斜斜依在門框上，正笑得開心。

「我欺負牠？你怎麼不問問牠平日如何欺負我？吃的、穿的、用的，有哪一樣沒被牠糟蹋過？」我正在訴苦，小淘突然張開全身羽毛，用力抖了抖身子，展翅向外飛去。反應過來的瞬間，我已經迅速向後閃避，卻還是覺得臉上一涼，彷彿有千百滴墨汁飛濺到臉上。

「小淘，我非燉了你不可！」我高聲怒叫伴著霍去病的朗聲大笑，那隻「烏鴉」已飛出窗外，變成藍天中的一個小黑點。

我背轉身子趕緊用帕子擦臉，霍去病在身後笑道：「已經什麼都看到了，現在迴避早遲了。」

我喝道：「你出去！誰讓你進來了？」

他笑著出了屋子，我以為他要離去，卻聽到院子裡傳來舀水聲，不一會，他進屋遞給我一條擰乾的絹帕，我沉默地接過擦臉。

待我覺得擦乾淨了，轉身道：「謝了。」他看著我，點點自己的耳下，我忙又拿了絹帕擦；他指了指額頭，我又擦；他又指指鼻子，我正要擦卻忽地停了手，盯著他。他俯在案上肩膀輕顫，無聲地笑起來。

我把帕子往他身上一摔，滿心怒氣地說：「你去和小淘作伴，正合適。」

他笑問：「妳去哪裡？我還沒和妳說正經事。」

「換衣服去！」

再進書房時，他正在翻看我架上的竹冊，聽到我的腳步聲，抬頭問道：「金姑娘，妳這是想做女將軍嗎？」

我從他手裡奪回自己抄寫的《孫子兵法》擱回架上，「未得主人允許就亂翻，小人行徑。」

他笑道：「我不是君子，妳也不是淑女，正好匹配。」

我剛要回嘴，卻瞥見李妍走進院子。她看到有外人，身子一轉就要離去。我拽了拽霍去病的衣袖，揚聲叫住李妍。

李妍向屋內行來，霍去病定定看著她，一聲不吭。我瞟了他一眼道：「要不要尋塊帕子給你擦一下口水？」

他眼光未動，依舊盯著李妍，嘴角卻帶起一絲壞笑，「還撐得住，不勞費心。」

李妍默默向我行禮，眼睛卻在質疑我。我還未開口，霍去病已經冷著聲吩咐：「把面紗摘下來。」

李妍冷冷盯著霍去病，我忙向她介紹這個囂張的登徒子是何人。「霍去病」三字剛出口，李妍驚訝地看了我一眼，又看向霍去病，眼裡藏著審視和思量。

我本有心替她解圍，卻又覺得不該浪費霍去病的這番心思，所以只是安靜地站在一旁。

李妍向霍去病屈身行禮，眼光在我臉上轉了一圈，見我沒有任何動靜，遂默默摘下了面紗。

霍去病極其無禮地盯著她看了一會，方道：「下去吧！」李妍這才戴上面紗，向霍去病行了一禮後轉身離去。

「可有皇后初遇皇上時的美貌？」

霍去病輕頷下首，「我不大記得姨母年輕時的樣貌，估量著肯定有。這倒是其次，難得的是進退分寸把握得極好，在窘境中舉止仍舊從容優雅，對我的無禮行止不驚不急亦不怒，柔中帶剛，比妳強！」我冷哼一聲未說話。

「妳打算什麼時候把她弄進宮？」

我搖搖頭，「不知道，我心裡有些疑問未解，如果她不能給我一個滿意的答案，我不想摻和到她的事情裡。」

霍去病笑起來，「妳慢慢琢磨，小心別被他人拔得頭籌。她的容貌的確不凡，但天下之大，陳阿嬌之後有衛皇后，衛皇后之後還有她，妳不能擔保長安城中就沒有能與她平分秋色的人。」

我笑著聳了聳肩，「你說找我有正經事，什麼事？」

「妳和石舫怎麼回事？」

我回道：「分道揚鑣了。」

「石舫雖然大不如前，但在長安城總還說得上話。妳現在獨自經營，小心樹大招風。」

我笑道：「所以我才忙著拉攏公主呀！」

「妳打算把生意做到多大？像石舫全盛時嗎？」

我沉默了會，搖搖頭道：「不知道。行一步是一步。」

他忽地笑起來，「石舫的孟九也是個頗有意思的人，聽公主說他的母親和皇上幼時感情很好，他幼時皇上還抱過他，如今卻是怎麼都不願進宮，皇上召一次回絕一次，長安城還沒有見過幾個這樣的人，有機會倒想見見。」

我心中詫異，轉念間又吞下已到嘴邊的話，轉目看向窗外，沒有搭腔。

送走霍去病，我直接去見李妍，覺得自己心中如何琢磨都難有定論，不如索性與李妍推心置腹談一番。

經過方茹和秋香的院子時，聽到裡面傳來笛聲，我停住腳步。秋香學的是箜篌，這應該是方茹。她與我同時學笛，我如今還曲不成曲，調不成調，她卻已很有幾分味道。剛聽了一會，笛聲忽停，我莫名其妙地搖搖頭，繼續向李妍兄妹的院子行去。

剛走幾步，李延年的院子中傳來琴聲，淙淙如澗水，溫暖平和。我歪著腦袋聽了一會又繼續走。琴聲一停，笛聲又起。

我回頭看看方茹住的院落，再看看李延年住的院落，忽然覺得很開心，一面笑著一面腳步輕輕進了院子。

屋門半開，我輕扣了下門進入。李妍正要站起，看是我又坐下，一言不發靜靜看著我。

我坐到她對面，「盯著我幹什麼？我們好像剛見過。」

「等妳的解釋。」

「讓他看看妳比那長門宮中的陳阿嬌如何，比衛皇后又如何。」

李妍放在膝上的手輕抖一下，立即隱入衣袖中。幽幽黑瞳中，瞬息萬變。

「我的解釋說完，現在該妳給我個解釋。如果妳真想讓我幫妳入宮，就告訴我妳究竟是什麼人？我不喜歡被人用假話套住。」

「我不明白妳在說什麼。」

我笑道：「我略微會觀一點手相，可願讓我替妳算一算？」

李妍默默把手伸出，我握住她的右手，「掌紋細支多，心思複雜機敏，細紋交錯零亂，心中思慮常左右矛盾，三條主線深而清晰，雖有矛盾最後卻仍一意孤行。生命線起勢模糊，兩支點合併，妳的父母應該只有一方是漢人……」李妍猛然想縮手，我握住繼續道：「孤勢單行，心中有怨，陡然轉上，欲一飛而起。」李妍再次抽手，我順勢鬆開。

李妍問：「我何處露了形跡？」

「妳的眼睛非常漂亮，睫毛密而長，自然捲曲。妳的肌膚嫩白晶瑩，舞姿別有一番味道。」

「這些沒什麼希罕，長安城學跳胡舞的人很多。」

我笑道：「不往異處想，這些自然都可忽略過去。中原百姓土地富饒，從不知道生活在沙漠中的人，對綠色是多麼珍愛。只有在大漠中遊蕩過的人才明白，漠漠黃沙上陡然看到綠色的驚喜，一株綠樹就有可能讓瀕死的旅人活下來。然而就是這些加起來，我也不能肯定心中疑惑，因為沙漠中有毀樹人，中原也不乏愛花人。我心中最初和最大的疑慮，來自『孤勢單行，心中有怨，陡然轉上，欲一飛而起』。」

李妍問：「什麼意思？」

「妳猜到幾分《花月濃》的目的，推斷出我有攀龍附鳳之心，讓妳哥哥拒絕了天香坊，來落玉坊，妳的心思又是如何？如果妳是因為沒有見過我而誤會我，那我就是因為見到妳而懷疑妳。那三千屋宇連綿處能給女子幸福嗎？妳我都知道不能，聰明人不會選擇那樣的去處，可為何妳會選擇？李師傅琴音如人心，他不是一個為了飛黃騰達把妹子送到那裡的人，可妳為何一意孤行？我觀察過妳的衣著起居、行為舉止，不會是貪慕權貴的人。既然不是因為『貪慕』，那只能是『怨恨』。不然我實在沒有辦法解釋，蕙質蘭心的妳明明可以過得很快樂，為何偏要往那個鬼地方鑽？」

我盯著她的眼睛看了一瞬，「十六歲，鮮花般的年齡，妳的眼睛裡卻有太多冰冷。我從廣利那套問過妳以前的生活，據他說『父親最疼小妹，連眉頭都捨不得讓她皺。大哥也凡事順著小妹。母親很少說話，喜歡四處遊歷，最疼我，對妹妹卻很嚴格。』即使妳並非母親的親生女兒，可妳應該是幸福的。妳的怨恨從何而來？這些疑問在我心中左右徘徊，但總沒有定論，所以今天我只能一試。我氣勢太足，而妳太早承認。」

李妍側頭笑起來，「算是服了妳，被妳唬住了。妳想過自己的身世嗎？妳就是漢人嗎？妳的膚色也是些微不同於漢人的白皙，眼珠在陽光下細看是褐色，就是睫毛又何嘗不是長而捲曲。這些特徵，中原人也許也會有，但妳同時有三個特徵，偏偏又是在西域長大。」

我點點頭，「我仔細觀察妳時，想到妳有可能是漢人與胡人之女。我也的確想過自己的身分，不過我不關心。我不知道自己父母是誰，但我喜歡認為自己是什麼人就是什麼人，但我的故鄉是……是西域，我喜歡那裡。」

李妍笑容凝結在臉上，「雖然我長得一副漢人樣，又是在中原長大，但我不是漢人，因為我的母親不允許，她從不認為自己是漢人。」

我愕道：「妳母親是漢人？那……那……」李廣利告訴我，他們的母親待李妍嚴厲，我還以為因為李妍並非她的親生女兒。

李妍苦笑起來，「我真正的姓氏應該是『鄯善』。」

我回想著九爺給我講述的西域風土人情，「妳的生父是樓蘭人？」

李妍點頭而笑，但笑容卻是說不盡的苦澀，我的心也有些難受，「妳別笑了。」

李妍卻依舊笑著，「妳對西域各國可有了解？」

怎麼不了解？幼時聽過太多西域的故事。我心中輕痛，笑容略澀地點了下頭。

西域共有三十六國：樓蘭、烏孫、龜茲、焉耆、于闐、婼羌、且末、小宛、戎盧、抒彌、渠勒、皮山、西夜、蒲犁、依耐、莎車、疏勒、尉頭、溫宿、尉犁、精絕、山國……等。

樓蘭位於玉門關外，地理位置異常重要，不論匈奴攻打漢朝，還是漢朝攻打匈奴，樓蘭都是必經之地。因為樓蘭是游牧民族，與匈奴風俗相近，所以一直歸附於匈奴，成為匈奴阻撓並襲擊漢使客商往來的重要鎖鑰。

但當今皇上親政後，不甘於漢朝對匈奴長期處於防禦之勢，不願意用和親換取苟安，不肯讓匈奴擋住大漢西張的通道，所以派出使臣與西域各國聯盟，恩威並用使其臣服，樓蘭首當其衝。

當年阿爹喜歡跟我講當今天子的豐功偉業，而最讓阿爹津津樂道的就是皇上力圖收服西域各國的故事。每當講起這些，阿爹總是一掃眼中隱隱的悒鬱，變得神采飛揚，似乎大漢讓匈奴稱臣只是遲早的事情。

可同樣的事情到了九爺口中，除了阿爹告訴我的漢朝雄風，又多了其他。

漢使前往西域諸國或者漢軍攻打匈奴，經常要經過樓蘭境內名為白龍堆的沙漠，這片沙漠多風暴，風將流沙捲入空中，形狀如龍，故被稱作白龍堆，因為地勢多變，行人很容易迷失。

漢朝不斷命令樓蘭國提供嚮導、水和食物，漢使卻屢次虐待嚮導。樓蘭國王在不堪重負下，拒絕服從大漢的命令，皇上竟然一怒就派刺客暗殺當時的樓蘭國王。

樓蘭夾在匈奴和漢朝兩大帝國之間處境左右為難，漢武帝發怒時，樓蘭生靈塗炭；匈奴單于發怒時，樓蘭又生靈塗炭。甚至上演為求得國家安寧，竟然把兩個王子分送到漢朝與匈奴做為人質的悲劇。

其他西域諸國也都如樓蘭，在漢朝和匈奴的夾縫中小心求存，一個不小心就是亡國滅族之禍。

九爺講起這些時，雖有對皇上雄才大略、行事果決的欣賞，但眼中更多的是對西域小國的悲憫同情。

我盯著李妍的眼睛問：「妳想做什麼？妳肯定有褒姒之容，可當今漢朝的皇上不是周幽王。」

「我明白，但我從生下時就帶著母親對漢朝的仇恨。因為母親的主人拒絕了大漢使節的無禮要求，大漢使節折磨虐待死她的主人，也就是我從未見過的生父。母親身孕只有一月，體形未顯，又是漢人，所以躲過死劫。逃跑後遇到了為學西域曲舞，在西域遊歷的父親，被父親所救，嫁給父親做續弦。我很小時，母親就帶我回西域祭拜生父。她在白龍堆沙漠中，指著一個個具體的地方，告訴我這裡是他被鞭打的地方，這裡是他被活埋的地方，以及他如何一點點死去。母親永遠不能忘記他被漢人埋在沙漠中曝曬的樣子，翩翩佳公子最後竟然縮成如兒童般大小的皺巴巴人乾。她描繪得細緻入微，我彷彿真能看見那一幕幕。我夜夜作噩夢，哭叫著醒來，母親笑著說那是我生父的憤恨。一年年，我一次次回樓蘭，母親不允許我有任何遺忘。」

李妍眼中已是淚光點點，卻仍然在笑。

我道：「別笑了，別笑了。」

「母親不許我哭，從來不許。母親說眼淚不能解救我，我只能笑，只能笑。」李妍半仰著頭，仍舊笑著。

「李師傅知道妳的身世嗎？」

「母親嫁給父親時，二哥還未記事，一無所知。因為母親把對父親的歉疚全彌補到二哥身上，所以二哥雖然知道自己並非母親親生，依舊視母親為自己的生母。大哥當時已經記事，知道我並非父親親生，但不知道其他一切。父親也不知道，他從不問母親過去的事情。」李妍再低頭時，眼睛已經平靜清澈。

我起身在屋內緩緩踱步，心情複雜。我該如何做？我們都有恨，但是我的父親只要我快樂，而李妍的母親只要她復仇。

屋外的琴音笛聲依舊一問一答，隱隱的喜悅流動在曲聲中。

太陽將落，正是燕子雙雙回巢時，一對對輕盈地滑過青藍色天空，留下幾聲歡快的鳴叫。

我靠在窗邊，注視著天空，柔聲說：「李妍，我認為妳最明智的做法是忘記這一切，妳母親是妳母親，她不能報的仇恨不能強加於妳。她不是一個好母親，她不能因為自己的痛苦而折磨妳，如果妳的生父真是一個值得女子愛的人，那麼他只會盼妳幸福，而不是讓妳掙扎在一段仇恨中。如果妳選擇復仇，那妳這一生雖還未開始，卻已經結束。因為妳的仇人是漢朝的天子，是整個漢家天下，為了復仇妳要付出的會是一生，妳不可能再有自己的幸福。」

李妍喃喃自語道：「雖未開始，已經結束？」她沉默良久，溫柔而堅定地說：「謝謝妳，金玉。可我不僅僅是因為恨，我是樓蘭的女兒，我還有對樓蘭的愛。」

她站起走到我身邊，也看著窗外，「不同於西域景色，但很美。」我點點頭。

「金玉，我很為自己是樓蘭人自傲。日落時，我們雖沒有燕子雙飛舞，但有群羊歸來景；我們沒有中原的繁華，但我們有孔雀河上的篝火和歌聲；我們沒有漢家的禮儀，但我們有爽朗的笑聲和熱情的擁抱……」

我接道：「我們沒有連綿的屋宇，但我們可以看天地相接；我們沒有縱橫齊整的街道，但我們願意時，永遠可以縱馬狂奔。」

「天地那麼廣闊，我們只想在自己的土地上牧羊唱歌，漢朝為什麼不能放過樓蘭，不能放過我們？」

「李妍，妳讀過《道德經》嗎？萬物有生必有滅，天下沒有永恆，很早以前肯定是沒有大漢，也沒有樓蘭，但有一天它們出現了，然後再經過很多很多年，樓蘭和大漢都會消失，就如殷商和周。」

「我不和妳講書上的大道理，我只想問妳，如果有一個年輕人即將被殺死，妳是否要對他說：『你四十不死，五十就會死，五十不死，六十也會死。反正你總是要死的，殺你的人也遲早會死，既然如此，現在被他殺死也沒什麼，何需反抗？』」

「莊子是一個很受漢人尊敬的先賢，他曾講過一個故事：『汝不知螳螂乎？怒其臂以擋車轍，不知其不勝任也。』勸戒人放棄不合適自己的舉動，順應形勢。」

「我很尊敬這隻螳螂，牠面對大車卻無絲毫畏懼。樓蘭地處大漠，彈丸之地，無法與疆域遼闊、土地肥沃的漢朝比，但如果車轍要壓過我們，我們只能做那隻螳螂，『怒其臂以擋車轍』。」

我轉身看著李妍，她目光堅定地與我對視，我緩緩道：「我很尊敬妳。」

「我更需要的是妳的幫助。」

「其實我幫不幫妳，妳都會如願入宮。以前也許沒有路徑，現在妳冒點險找機會出現在公主面前，公主不會浪費妳的美貌。」

「公主的路是妳擔著風險搭的，我豈是這種背義之人？何況妳能讓我以最完美的姿態進入宮廷。」

我沉默一瞬，最後拿定了主意，「我會盡力，但以後的事情，恕我無能為力。甚至我的腦袋一片黑霧，妳能做些什麼？如果想刺殺皇上，先不說事情成功的可能性，就是刺殺了又如何？衛皇后主後宮，已有一子，衛大將軍重兵在握，衛將軍與三個兒子，衛氏一門就四侯，還有衛皇后的姐夫公孫賀、妹夫陳掌都是朝中重臣，一個皇帝去了，另一個皇帝又誕生，依舊擋不住大漢西擴的步伐。再說，妳刺殺皇帝，不管是否成功，妳的兄弟以及我，甚至整個園子裡的姐妹都要為妳陪葬。」

李妍甜甜地笑起來，「我不會如此。我一點武藝不會，這條路太傻，也非長遠之計。妳為何還肯幫我入宮？」

我想了好一會，想著九爺，腦中一些模模糊糊的念頭，最後聳了聳肩膀，「不知道，大概是好奇。反正我沒什麼特別的立場，只要我高興，我可以選擇支持任何一方。」

我的話另有一番意思，但李妍顯然理解成了我對她行為的支持，眼睛裡又有了濕意，握住我的手，半晌沒有一句話，最後才穩著聲音道：「我的心事從不敢對任何人說，我第一次覺得心情如此暢快。」

我朝李延年的屋子努了下嘴，笑問道：「妳哥哥和方茹玩的是什麼遊戲？」

李妍側頭聽著哥哥的琴聲，俏皮一笑，嫵媚中嬌俏無限，竟看得我一呆，「還不都是妳惹的禍。讓哥哥替你編新曲，教方茹她們唱，估計正在教方茹領會曲子深意呢！」

我滿臉木然，啞口無言，轉身道：「回去吃飯了。」

李妍隨在我身後出門，躡手躡腳地走到李延年屋前偷偷往裡張望，向我招手示意我也去看。我搖搖頭，做了個嘴邊含笑彈琴的姿勢，再做了個搖頭晃腦、滿臉陶醉聽笛的樣子，笑著出了院門。

◈ ◈ ◈

進了紅姑的屋子，丫頭已經擺好碗筷，紅姑看著我嗔道：「幹什麼去了？妳再不來，我都打算自己先吃，給妳留一桌剩菜。」

我洗了手，道：「和李妍說了會話，有些耽擱了。」

紅姑一側頭，好像想起什麼，從懷裡抽出一方絹帕遞給我，「正想和妳說她。」

我拿起絹帕端詳，原本應該是竹青色，因用得久，已經洗得有些泛白，倒多了幾分人情味。一般女子用的手帕繡的都是花或草，可這個帕子的刺繡卻是慧心獨具，乍一看似是一株懸崖上的藤蔓，實際卻是一個連綿的「李」字，整個字宛如絲蘿，嫵媚風流，細看一撇一勾，卻是冰刃霜鋒之姿。

我抬眼疑惑地看向紅姑，紅姑解釋道：「帕子是李三公子在園子中無意所撿，他拿給我，向我打聽帕子的主人。園中雖然還有姓李的姑娘，可如此特別的一個『李』字，卻只能是李妍的。我因為一直不知道妳對李妍的打算，所以沒敢說，只對李三公子承諾『拿去打聽一下』。」

我手中把玩著絹帕沒有吭聲，紅姑等了會又道：「李三公子的父親是李廣將軍，位居九卿，叔叔安樂侯李蔡更是尊貴，高居三公。他雖然出身顯貴，卻完全不像霍大少，沒有一絲驕奢之氣。文采武功都是長安城裡的公子哥中出眾的，現在西域戰事頻繁，他將來極有可能封侯拜將。一個『李』字就讓李三公子上了心，如果他再看到李妍的絕世容貌和蕙質蘭心，只怕他連魂都會被李妍勾去，再不會有比嫁進李家更好的出路了。」

紅姑又笑著搖頭，「其實李妍這樣的女子，世間難尋，但凡她肯對哪個男兒假以顏色，誰又能抗拒得了她呢？」

本來我還打算把帕子交給李妍，聽到此話卻更改了主意。我把帕子收到腰間，「妳隨便找一個姓李的姑娘，帶李公子去看一眼，就說帕子是她的。」說完低頭開始吃飯。李敢由字跡遙想佳人風采，肯定期望甚高，一見之下定會失望，斷了念頭對他絕對是好事一件。

紅姑愣了一會，看我只顧吃飯，搖了搖頭嘆道：「弄不明白妳們想要什麼。看妳對李妍的舉動，應該有捧她的意思，可事到如今卻一點動靜也無。如果連李三公子都看不上眼，這長安城裡可很難尋到更好的。」

紅姑說完話，剛拿起筷子吃了一口菜，忽地抬頭盯著我，滿面震撼之色。我向她點點頭，低頭繼續吃飯。紅姑嘴裡含著菜，發了半晌呆，最後自言自語地感嘆道：「妳們兩個，妳們兩個……」

用完飯，我和紅姑商量了會園子裡的生意往來後，就匆匆趕回自己的屋子。

月兒已上柳梢頭，小淘、小謙卻仍未回來。正等得不耐煩，小謙撲著翅膀落在窗欞上，我招了下手，牠飛到我胳膊上，我含笑解下牠腳上繫著的絹條，上面幾行蠅頭小字。

「小淘又闖了什麼禍？怎麼變成了黑烏鴉？你們相鬥，我卻要無辜遭殃。今日恰穿了一件素白袍，小淘直落身上，墨雖已半乾，仍是汙跡點點。袍子是糟蹋了，還要費功夫替牠洗澡。昨日說嗓子不舒服，可有按我開的方子煮水？」

我拿出事先裁好的絹條，提筆寫道：「你不要再慣牠了，牠如今一點不怕我，一闖禍就逃跑。嗓子已好多，只是黃蓮有些苦，煮第二次時，少放了一點。」寫好把絹條繫在小謙腿上，揚手讓牠離去。

目送小謙消失在夜色中，我低頭看著陶罐，金銀花在水面舒展開來，白金相間，燈下看著美麗異常。

我倒了一杯清水，喝了幾口，取出絹帕寫道：「查了書，才知道金銀花原來還有一個名字叫『鴛鴦藤』。花開時，先是白色，其後變黃，白時如銀，黃時似金，金銀相映，絢爛多姿，所以被稱為金銀花。又因為一蒂二花，兩條花蕊探在外，成雙成對，形影不離，狀如雄雌相伴，又似鴛鴦對舞，故有鴛鴦藤之稱……今日我決定送李妍進宮，不過是順水推舟的人情。我應與不應，都擋不住她的腳步，而她既然敢告訴我身世，只怕容不得我隨意拒絕。既然結果不能變，在我未確定他的身分和心意前，不妨賣她一個人情。而以後，也許我們目標一致，也許不，我今日沒有給她任何承諾，她也沒有相逼，如此看來她要的不過是我的一個態度而已。但我既然應承了她，這個人情自要落到實處。其實我有些分不清我所要做的究竟對不對，可我對李妍的感情有些複雜，除了敬佩還有同情，也許還有一種對自己的鄙視。誠如一人所說，她的確比我強。」

心中澀痛，再難落筆，索性擱下，取出存放絹帕的小竹箱，標明日期後把絹帕擱到了竹箱中。從第一次決定記下自己的歡樂，不知不覺中已經有這麼多了。

小謙停在案頭，我忙把竹箱鎖回櫃子，回身解下小謙腿上的絹條，「黃蓮二錢，生梔子二錢半，金銀花二錢半，生甘草半錢，小火煎煮，當水飲用。黃蓮已是最低份量，不可再少，還覺得苦就放一些蜂蜜。小淘不願回去，只怕小謙也要隨過來，早些睡。」

我手指輕彈了下小謙的頭，「沒志氣的東西。」小謙歪著腦袋看著我，我揮了揮手，「去找你的小嬌妻吧！」小謙展翅離去。

◈ ◈ ◈

我向端坐於榻上的平陽公主行跪拜之禮，公主抬手讓我起身，「妳特地來求見，所為何事？」

我跪坐於下首道：「民女有事想請公主指教。」說完沉默地低頭坐著，公主垂目抿了一口茶，揮手讓屋內的侍女退出。

凡。」

「說吧！」

「有一個女子容貌遠勝於民女，舞姿動人，心思聰慧，擅長音律。」我俯身回道。

公主笑道：「妳如今共掌管四家歌舞坊，園子裡也算是美女如雲，能得妳稱讚的女子定是不凡。」

「她是李延年的妹妹，公主聽過李延年的琴聲，此女琴藝雖不及其兄，但已是不同凡響。」

公主道：「她只要有李延年的六、七成，就足以在長安城立足了。」

「只怕有八成。」

公主微點下頭，沉思了一會方道：「妳帶她來見本宮。」

我雙手貼地，向公主叩頭：「求公主再給民女一些時間，民女想再琢磨下美玉，務求最完美。」

「妳這麼早來稟告本宮又是為何？」

「兵法有云：『夫未戰而妙算勝者，得算多也；未戰而妙算不勝者，得算少也。多算勝少算，而況於無算乎！』民女所能做的只是備利器，謀算布局卻全在公主。」

「妳說話真是直白，頗有幾分去病的風範。」

「公主慧心獨具，民女不必拐彎抹角，遮遮掩掩，反讓公主看輕。」

公主靜靜想了會，方道：「聽聞妳購買歌舞坊的錢，有一半居然是從你園子裡的姑娘處借來的，立下字據一年內歸還，給二成的利息，兩年內歸還，給五成的利息。」

「是。民女一時籌不到那麼多錢，可又不願錯過這個絕好的生意機會，無奈下只好如此。」

「妳這步無奈之棋走得倒是絕妙，落玉坊的生意日進斗金，其餘歌舞坊的姑娘看到後，猶豫著把一些身家押到妳身上，一個『利』字迅速把一團散沙凝在一起，休戚與共，此後只能一心向妳。人心聚，凡事已經成功一半。妳回去吧！看妳行事，相信妳不會讓本宮失望，本宮等著看妳這塊美玉。」

第八章

驚遇

他穿著漢家服飾，長身玉立於串串大紅燈籠下，白緞袍、碧玉冠，燈火掩映下華貴倜儻。因是胡人，他的五官格外分明，刀刻般的英俊，只是神色清冷異常，如千古積雪，寒氣逼人，本應溫暖的燈光，在他的身旁卻都泛著冷意。

屋外烏雲密布，雷聲轟轟，雨落如注。屋內巨燭高照，三人圍案而坐。

我肅容看著李妍，「我前幾日已經見過公主，從今日起，妳要用最短的時間，做完我要求的事情。」

李妍微頷一下首，「願聞其詳。」

我指著左邊的書架，「這邊是《孫子兵法》，全文共七千四百七十六字，分為始計、作戰、謀攻、軍形、兵勢、虛實、軍爭、九變、行軍、地形、九地、火攻、用間，共十三篇章，我要妳牢記於心。今日我們所作的就是『始計』，妳的戰場在重重宮廷中，妳要和皇帝鬥，要和其他美人鬥，這是一場沒有煙塵的戰爭，但血光兇險不亞於國與國間的爭鬥。皇上十六歲登基，今年三十六歲，正是一個男子一切到達頂峰的年紀，文采武功都不弱，行事出人意料，時而冷酷無情，時而細膩多情。他的母親王太后在嫁給先帝前，已經與金氏育有一女，連太后自己都不願多提，皇上聽說後卻親自找尋自己同母異父的半姐，不理會大臣的非議，賞賜封號。」

李妍定定看著書架上的一冊冊竹簡，半晌後緩慢而堅定地點了下頭，「皇帝既是我要征服的敵人，又是我唯一可以依靠的盟友，我們是男女間的心戰。我從沒有與男子親暱相處的經驗，而他已經閱過千帆，這場心戰中，我若失了自己的心，我就已經輸了，是嗎？」

我輕嘆口氣，指向右邊的書架，「這是《黃帝內經》、《素女真經》、《十問》、《合陰陽方》、《天下至道談》。」

李妍有些詫異，「《黃帝內經》好像是醫家典籍，其餘都沒聽過。我還要學醫？」

「色衰日則是愛去時，我們沒有辦法抗拒衰老，但可以盡量延緩它的到來。《黃帝內經》中具體詳細地描繪了女子的生理，妳可以藉其調養自己。不過更重要的是……」我清了清嗓子，目光盯著几案道：「更重要的是，其餘幾部書講的……講的是……」一直沉默坐於一旁的紅姑微含了絲笑，替我說道：「講的是『房中術』、『接陰之道』。」

我和李妍都臉頰飛紅，李妍盯著蓆面，低聲問：「小玉，妳看了嗎？」

我吶吶地說：「沒有。」想著心又突突跳起來。書籍本就是稀罕物，這些書籍，更是無處購買。紅姑雖有聽聞，要我去尋這些書籍，卻實際自己也沒有見過，只和我說長安城的王侯貴胄家應有收藏。

我想藏書最全處莫過於宮廷，萬般無奈下，只好找霍去病。

◈ ◈ ◈

「麻煩你幫我找些書籍。」我低頭盯著身下的蓆子。

霍去病斜依在軟墊上，漫不經心地問：「什麼書？不會是又要兵法書籍吧？」

我頭埋得更深，聲音小如蚊蠅，「不是。」

霍去病納悶地問：「妳今日怎麼了？有什麼事情不能痛快說？哼哼唧唧的。」

我深吸了口氣，聲音細細，「是……是和男女……男女……那個有關的。」

「什麼？」霍去病猛然坐直身子，愣愣看著我。我頭深埋，眼睛盯著蓆面，一聲不吭，只覺得連脖子都滾燙了，臉上肯定已是紅霞密布。

他忽地側頭笑起來，邊笑邊道：「那個？那個是什麼？我聽不懂妳說什麼，倒是再說得詳細點。」

我立即站起欲走，「不找拉到！」

他一把抓住我袖子，笑問：「妳是自己看，還是給別人看？」

我不敢回頭看他，背著身子低頭道：「給別人看。」

他笑著說：「這樣的東西就是宮裡只怕有些也是孤本，要先找人抄錄，過幾日我給妳送過去。妳也看看，以後大有好處，不懂之處，我可以……」他話未說完，我聽到他已答應，一揮手用力拽出袖子，急急離開。

◈ ◈ ◈

我和李妍都低頭默默坐著，紅姑嘲笑道：「難得看到妳們二人的窘態，日常行事時一個比一個精明沉穩，現在卻連完整的話都說不下去。李妍，妳這才是剛開始，需要做的事情還很多。」

李妍細聲說：「我會看的，多謝紅姑費心。」

紅姑笑點點頭，「我還去娼妓館，重金請了長安城最擅此術的幾個女子給妳上課。上課時我會先命人用屏風擋開，一是不想讓她們知道給誰上課，二是妳獨自一人聽時，不必那麼羞怯，好用心琢磨。」李妍臉紅得直欲滴出血來，輕輕點了下頭。

紅姑看看李妍，又看看我，一臉賊笑，似乎極其滿意看到我們的窘迫。「玉兒，不如妳和李妍一塊學吧！反正遲早用得上。」我側頭瞪向紅姑，紅姑笑道：「我說錯了嗎？難道妳以後心裡會沒有中意的男子？你們不會……」

紅姑今日成心戲弄我，再不敢由著她說下去，匆匆打斷她的話，「紅姑，我還有些話想和李妍私下說。」紅姑忙收了嬉笑，起身離去。

我拿出銅鏡擺在李妍面前，「妳母親教會妳歌舞，教會妳如何行為舉止美麗優雅，但她漏教了妳一些東西。妳的眼神可以嫵媚，可以幽怨，可以哀悽，可以悲傷，但不可以冰冷，更不可以有刀鋒之寒。如果妳連我都瞞不過，如何瞞住皇上？多去外面走走，去看看那些鄉間十六、七歲的女子是什麼樣子，仔細觀察她們的眼睛，再看看自己的眼睛。我也不是個正常的十六、七歲女子，這些都幫不了妳，妳要自己用心。」

李妍默默想了會，「我一定會做到。」

「妳母親不許妳哭，但從今日起，我要妳哭，要妳隨時都可以珠淚紛紛落。不但要哭，還要哭得嬌，哭得俏，哭出梨花帶雨、海棠凝露。傳聞皇帝初把衛子夫帶入宮中時，因當時的陳皇后不依，礙於阿嬌的母親館陶長公主家族的勢力，皇帝遂一年多沒有召見衛子夫。後來再遇衛子夫，衛子夫哭著求皇帝放她出宮。我相信這個故事妳應該早就聽過，結果如何，我們現在都知道。眼淚和笑顏都是妳的武器，妳應該琢磨著如何使用。」

李妍深吸口氣，點點頭。

我默默想了會是否有遺漏，「大概就是這些，其餘的都比較輕鬆，每日得空時，我們彼此講述一下傳聞中皇上從小到大的故事。雖然妳早已熟悉，但藉此妳可以再在腦中思考一遍，並結合兵法，再仔細琢磨一下皇上的脾性。」

李妍聽完後站直身子，仔細整好衣服，向我鄭重地行跪拜大禮。

我欲扶她，她反握住我的手，「請讓我行完這個禮，因為將來妳會向我行隆重的跪拜禮，唯如此方不辜負妳今日的心思。」

我縮回手，坦然受了她一禮。

◈ ◈ ◈

「剛成熟的金銀花果已經送來，我依照種花師傅的交代，把種子種在我新闢的小花圃中，明年春天就會出苗。我想等到花開日請你來一同看花，你會來嗎？我是不是該在石府也栽一些呢？你待我是很好的，我的每一個問題你都會仔細回答，我的要求，只要和石舫無關，你也都會滿足，可你究竟把我擱在心中哪裡呢？有時候我能感覺到你走得越來越近，我正要伸手，你卻突然一個轉身離我遠去，為什麼……」

我停住筆，沉思起來，是呀！為什麼？難道我要這麼永遠試探，猜測他的心思嗎？取出竹箱，將絹帕小心收好後起身出了臥房。

書房內，李妍正在燈下看書，我在門口站了半晌她才驚覺，抬頭看向我，「要讓我背書嗎？」

我搖搖頭，進屋坐在她的對面。

「我想請妳陪我去問李師傅一件事情？」

李妍道：「什麼事情？我哥哥的事情我都看在眼裡，問我一樣的，還比哥哥爽快。」我手中玩弄著自己的衣袖，「男子的心思還要男子答，女子想出來的不見得投合男子的心，何況你哥哥正好……」我收了話頭，看向李妍，「陪是不陪？」

李妍笑道：「可以偷懶，為什麼不去？」說著扔了書站起，我一面鎖門一面說：「等妳走了，我把那些東西清理後，就不必如此麻煩了。」李妍臉又紅起來。

我突然好奇起來，握著她的手一邊走一邊湊到她耳邊低聲問：「妳究竟學得怎麼樣了？」李妍推開我，只顧快走。

我趕了幾步，搖了搖她的手，「說一說唄！」

李妍低聲道：「妳這麼想知道，自己也去聽聽課，不就知道了？」

我壓著聲音笑起來，「我才不費那功夫呢！我要學就直接學最精華的，等妳學好了告訴我。」

李妍甩開我的手，「不知羞！連婆家都沒說到就想這些。被人知道，肯定嫁不出去。」我哼了一聲，沒有搭腔。

兩人靜靜走了會，李妍挽起我的手，「妳雖不知道自己的具體年齡，但猜想應該和我差不多，別老盤算著做生意，自己的終生也該好生打算一下。妳沒有父母替妳籌劃，自己再不操心，難道坐等年華老去嗎？石舫舫主我沒見過，但我看妳對他很是小心，想來必有不凡之處，如果年齡適當，他又沒有娶妻，妳不妨……」

我伸手輕擰了一下她的臉頰，「好丫頭，自己要嫁就見不得他人逍遙。」

李妍冷哼一聲：「好心沒好報。」

我們進門時，方茹恰好要離開，看到我倆，低著頭小聲說：「我來請教李師傅一個曲子。」

我搖頭而笑：「我什麼都沒問，妳怎麼就忙著解釋呢？好像有那麼點……」李妍暗中擰了下我胳膊，對方茹靜靜行禮後，拉著我讓開道路，伸手請方茹先行。

方茹向我微欠下身子，急步離去。我向李妍皺了皺鼻子，「還不是妳嫂子呢！完了，有妳撐腰，以後我園子中要有個太后了。」

李妍瞪了我一眼，「我哥哥和方茹都是溫和雅致的人，可不是妳這樣的地痞無賴。」

李延年在屋內問：「是小妹回來了嗎？」

李妍應道：「是我！大哥，還有玉娘。」李延年聽聞，立即迎出來。

李延年為我倒了一杯清水，謙然道：「我不飲茶，只喝清水，所以也只能用清水待客。」

李妍嘻笑著說：「大哥，她說有事要問你。」

李延年溫和地看著我，靜靜等我說話。我低著頭，手指無意識地在蓆面上劃著圓圈，「宮裡的人可好應對？」

「因是平陽公主推薦，大家都對我很有禮。」

我道：「聽說皇上聽過你的琴聲，大為讚賞。」

李延年淡然一笑，「是賞賜了我一些東西，倒也說不上大為讚賞。」

「你住在這裡，來回宮廷可方便？」

李延年還未回答，李妍不耐煩地截話，「金玉，妳究竟想問什麼？難道還要問我大哥每日吃些什麼？」

李延年看了妹妹一眼，耐心地回道：「來回都有馬車，很方便。」

我端起水喝了兩口，擱下杯子，抬頭看著李延年，「是這樣的，有個人情感很內斂，也喜歡音樂，有一個女子想告訴他自己的心事，可不知道男子心中究竟怎麼想，不敢直接說。李師傅覺得什麼法子才能表明女子的心事，又比較容易讓對方接受？」

李延年面上呆了一下，低頭沉思起來。李妍在一旁抓著哥哥的衣袖笑起來，一面笑一面揉肚子，我沒有理會她，只是看著李延年。

「金玉，妳也太好笑了，妳的《孫子兵法》呢？那一套洋洋灑灑的理論呢？連這點事情都要問人，原來妳只是一個紙上談兵的趙括，我要仔細考慮一下妳講的那些話究竟能不能用。」

我看向李妍，平靜地說：「我沒有把這視為一場戰爭，因為我一開始就是敞開心的，沒有設防。我根本不怕他進來，我怕的是他不肯進來。沒有冷靜理智，只有一顆心。」

李妍收了笑聲，坐直身子看了會我，低下頭。李延年側頭，若有所思的看著妹妹，一時間屋裡只有沉默。

半晌後，李延年驚醒，看向我抱歉地一笑道：「我是個樂師，我只會用音樂傳遞心聲，先秦有一首曲子很好，我聽方……聽人說玉娘學過笛子。」

李延年一邊說著，一邊取笛子出來，靜坐了一會便吹奏起來，我專注地聽著。李延年吹完後道：「小妹也會吹笛子，雖然不是很好，不過勉強可以教人。妳們經常在一起，可以讓她教妳。」

我笑著點頭，李延年的「不是很好」在一般人耳中應該已是很好。

李妍突然站起，一聲不吭地向外行去。我向李師傅擺了下手，示意他不必跟來，一轉身趕著去追李妍。

屋內沒有點燈，只有從窗外湧入的一片皎潔月色。李妍面朝窗外，立在那片月色中，背影一如天上獨自寂寞著的皓月，雖有月神雪魄姿，卻是清冷孤單影。

我站在門口道：「妳若想反悔現在還來得及，大不了就是得罪公主，但我會設法化解。」

她一動不動地站著，柔聲說：「我很羨慕妳，活得那麼自由，可以做自己想做的事情，追尋自己想要的快樂。」

我接道：「妳正在做的，也是妳想要做的事情，沒有人強迫妳。」

「可我自己在強迫自己。金玉，妳現在不懂，我也希望妳永遠都不用明白，一個人強迫自己的感覺。」

我找不到可以寬慰她的話，沉默了會說：「妳今天早點歇息吧！明天一切還要繼續。」說完轉身慢慢向回走，心情正低沉，在半空盤旋的小淘衝下來落在我肩頭。我看到牠腿上繫著的絹條，一下開心起來，急急向屋子跑去。

◈ ◈ ◈

公主在侍女的攙扶下，邊行邊問：「妳早晨問公主府可有竹林，求本宮准妳使用府中竹林，為何特意如此？」

「兩個原因，一是美人就和花一樣，風姿各異，有如牡丹富麗華貴者，有如秋菊淡雅可人者，也有如海棠嬌憨動人者。不同的花有不同的賞法，唯如此才能把每種花獨特的美看到極處。二是世人都會有先入為主的想法，覺得其嬌弱可憐，以後不免存了憐惜之心，覺得其仙姿靈秀，也會暗生尊敬。所以初次相見很重要，既然有天時地利可以藉助，當然不可浪費。」初聽紅姑此番道理，讓我和李妍都很驚嘆，也終於明白為何那些公子少爺們放著家中嬌妻美妾不理，卻日日流連於歌舞坊、娼妓坊，這些狐媚手段一般女子的確難以想到。

話說著，已經可以看到竹林。恰好日落時分，西邊天空浮著層層紅雲，暖意融融，越往東紅色漸輕，漸重的清冷藍天下，夕陽中的竹林泛著點點紅暈，光暈中依舊是鬱鬱蔥蔥的綠。

李妍背對我們，人倚修竹婷婷而立。

公主盯著她的背影看了半晌後方低聲問：「是妳讓她如此的？」

「不是，民女只是讓她在竹林處等候，並未做任何吩咐，甚至沒有讓她知道公主要在此處見她。凡事不可不備，但過於刻意卻又落了下乘。」

公主輕嘆一聲，「一道背影竟然讓人浮想聯翩，想看她的容貌，可又怕失望，只想她的容貌萬萬不可辜負她的身姿。此種忐忑心態的確不是在屋內召見能有的。」

我微微笑著沒有說話，公主又看了一會，擺手示意侍女留在原地，放緩腳步向竹林行去。腳步聲終於驚動了李妍，她霍然轉頭，唇邊帶著一絲笑意，一手指著落日剛欲說話，看清來人，一驚後立即明白，向公主姍姍跪下。

公主立即道：「起來說話。」

李妍磕了一個頭後方站起，她身如修竹，青裙曳地，只用一根碧玉簪綰住一頭青絲，除此外再無其他首飾。公主又細細看了李妍一眼，笑著側頭看向我，「是美玉，而且是絕世美玉『和氏璧』，本宮方才竟被她容光所懾，心中極其不願她下跪。」

我看向李妍，我所能做的都已經做了，從此後一切就要靠她自己。李妍與我眼光相接，各自沒有變化地移開視線。

去時馬車中是兩人，回時馬車中只餘一人。剛進園子，李廣利就快跑著迎上來，「公主可中意妹妹？」我點了下頭，他立即喜悅地揮舞著拳頭，歡呼了一聲。

李延年依舊站在樹下，似乎從送我們走後就沒有動過。天色已黑，看不清楚他的神色，只看到他一見我點頭，猛然轉身朝樹上狠狠砸了一拳。李廣利驚聲叫道：「大哥！」方茹不知道從什麼地方冒出來，想要走近，卻又遲疑著立在原地。

李延年手上已被刺破皮，細小的血珠滲出。我向方茹招手示意她過來，對李廣利道：「你先回去。」李廣利看著哥哥，試探性地又叫了聲哥哥，卻只見哥哥站著紋絲不動，他只得一步一回頭地慢慢離開。

方茹臉帶紅暈，用手絹替李延年拭血，一點點吹著把附在上面的木屑吹掉。李延年看著我說：

「也許我這一生最後悔的事情，就是來落玉坊。」

我眼睛看著方茹，「不全是壞事吧？」

李延年眼光柔和地在方茹臉上一轉，落到我臉上時又變回冰冷，「雖然小妹說這是她想要的，是她自己的主意，可我仍舊無法不厭惡妳。妳真讓我失望，就如此貪慕榮華富貴？不惜犧牲另一個女子的一生去換？」

我淡然一笑，「厭惡、憎恨都請便！不過李妍已經走上一條再無回頭可能的路，你不管贊成與反對，都必須幫她，用你所有的才華去幫她。」

李延年木然立著，我轉身翩然離開，忽然真正明白李妍握住我手時的淚光點點，很多事情不能解釋，也無法解釋。

回到屋中，紅姑正坐在榻上等我，我坐到她對面，她問：「一切順利？」

我點點頭，「李妍此次真該好好謝妳，妳謀劃的見面方式果然震動了公主，竟讓早就不知見了多少美人的公主失態，賞人如賞花的言詞，應該也已經打動公主，公主肯定會傾其力讓李妍再給皇帝一個絕不一般的初見。」

紅姑掩嘴嬌笑，「混跡風塵半輩子，耳聞目睹的都是鬥姿論色。若只論這些，良家女如何鬥得過我們？現在就看李妍了，不知道她打算如何見皇上。」

我靜靜坐了會，忽然起身從箱子裡拿出那塊紅姑交給我的青色手帕，看了會藤蔓纏繞的「李」字，心中輕嘆一聲，抬手放上膏燭點燃，看著它在我手中一點點變紅，再變黑，然後化成灰。

火光觸手時，我手指一鬆，最後一角帶著鮮紅的火焰墜落在地，迅速只餘一堆灰燼，曾經有過什麼或是什麼都不可再辨。

我手中把玩著請帖，疑惑地問：「紅姑，妳說公主過壽辰，為何特意請我們過府一坐？」

紅姑一面對鏡裝扮，一面說：「肯定是衝著李妍的面子，看來李妍還未進宮，但已很得公主歡心。年輕時出入王侯府門倒也是經常事情，沒想到如今居然還能有機會做公主的坐上賓，真要多謝謝李妍。」

我靜靜坐著沉思，紅姑笑道：「別想了，去了公主府不就知道了？趕緊先裝扮吧。」

我笑著搖搖頭，「妳把自己打點好就行。我挑一套像樣的衣服，戴兩件首飾，不失禮就行。」

紅姑一皺眉頭，剛欲說話，我打斷她道：「這次聽我的。」

紅姑看我神色堅決，無奈地點了下頭。

宴席設在沿湖處，桌案沿著岸邊而設。布置得花團錦簇、燈火通明處應是主席，此時仍舊空著，而我們的位置在末席的最末端，半隱在黑暗中。四圍早已經坐滿人，彼此談笑，但人聲鼎沸中根本無一人理會我們。

紅姑四處張望後，臉上雖然還帶著笑意，眼中卻略含失望。我怡然笑著，端茶而品。等了又等，喝完一盞茶後，滿場喧譁聲中忽然萬籟俱寂，我們還未明白怎麼回事，只見人已一波波全都跪在地上。我和紅姑對視一眼，也隨著人群跪倒。

當先兩人並排而行，我還未看清楚，人群已高呼：「皇上萬歲，萬萬歲。皇后千歲，千千歲。」我忙隨著人群磕頭。

一番紛擾完，各自落坐。紅姑此時已經品過味來，緊張地看向我，我笑了笑：「等著看吧！」因在暗處，所以可以放心大膽地打量亮處的各人。阿爹和伊稚斜口中無數次提過的大漢皇帝正端坐於席中。

還記得當年問過伊稚斜，「他長得比你還好看嗎？」彼時伊稚斜沒有回答我，這麼多年後我才自己找了答案。他雖然長得已是男子中出色的，但還是不如伊稚斜好看，氣勢又比伊稚斜外露張揚。不過我認識的伊稚斜是未做單于時的他，他現在又是如何？

紅姑輕推了我一下，俯在我耳邊低聲調笑，「妳怎麼臉色黯然地盯著皇上發呆？的確是相貌不凡，不會是後悔妳自己沒有……」我嗔了她一眼，移眼看向衛皇后，心中一震，伊人如水，從眉目到身姿宛如水做，水的柔，水的清，水的秀，都彙集在她的身上。

燈光暈照下，她宛如皓月下的天池水，驚人的美麗。這哪裡是開敗的花？有一種美是不會因時光飛逝而褪色。

紅姑輕嘆口氣，「這是女人中的女人，難怪當年竇太后把持朝政時，皇上悒鬱不得志時，會一心迷上她，甚至不惜為她開罪陳皇后和長公主。」

我點點頭，心中莫名多了一絲酸澀，不敢再多看衛皇后，匆匆轉開眼光。

平陽公主和一個身形魁梧、面容中正溫和的男子坐於皇上的下首，想是衛青大將軍。人常說「見面不如聞名」，衛青大將軍卻正如我心中所想，身形是力量陽剛的，氣質卻是溫和內斂的。平陽公主正和皇上笑言，衛大將軍和衛皇后都是微笑著靜靜傾聽，大半晌沒有見他們說過一句話，姐弟倆身上的氣質倒有幾分相像。

主席上的皇親國戚和顯貴重臣觥籌交錯，笑語不斷，似乎熱鬧非凡，可個個眼光都不離皇上，暗自留意著皇上的一舉一動，跟著皇上的話語或笑或應好，一面逢迎著皇上，一面還要彼此明爭暗鬥，言語互相彈壓或刻意示好。唯獨霍去病埋著頭專心飲酒吃菜，偶爾抬頭也是眼光冷淡，絲毫不理會周圍，不交際他人。大概也沒有人敢交際他，從開席到現在竟然只有一個二十二、三歲的男子對霍去病遙敬一杯酒，霍去病微帶笑意也回敬了他一杯。

我看著那個男子問：「他是誰？」

紅姑語氣惋惜地輕聲說：「這就是李家的三公子，李敢。」

我神色微動，果然如紅姑所說，是一個文武兼備的俗世好男兒。因為出身高門世家，舉止高貴得體，有文人的雅致風流，眉目間卻不脫將軍世家的本色，隱隱藏著不羈豪爽。

紅姑在我耳邊低聲介紹著席間眾人，「……那個穿紫衣的是公孫賀，皇后娘娘和衛大將軍的姐夫，賜封輕車將軍，祖上是匈奴人，後來歸順了漢朝……」

主席上不知道公主和皇上說了句什麼，笑語聲忽地安靜下來，紅姑也立即收聲，不一會李延年緩步而出。李延年冠絕天下的琴藝，在長安已是街知巷聞，可是真正能聽到他琴聲的卻沒有幾人，末席這邊立即響起了低低的驚嘆聲。李延年向皇上和皇后行完禮後坐於一旁，有侍女捧上琴擱於他面前。眾人明白他要獻琴，忙著屏息靜氣。

李延年神色中帶著幾分漠然，隨手輕按了幾下琴弦，卻並未成曲，在寂靜中撩得眾人心驚。紅姑看向我，我搖了搖頭示意她別急。李延年似乎深吸了口氣，容色一整，雙手拂上琴弦，竟沒有任何起音，只一連串急急之音，密密匝匝傾瀉而出，宛如飛瀑直落九天，砸得人喘不過氣。琴音一波更比一波急，逼得人心亂得直想躲，卻又被樂音抓得逃不掉、掙不開，連一直冷淡以對的霍去病都抬頭看向李延年，側耳細聽。

一連串的滑音後驟然轉緩，一縷笛音在琴聲襯托下響起，柔和清揚，引得心早已被逼迫得失去方寸的人都立即轉向笛聲起處。

晚風徐徐，皓月當空，波光蕩漾。月影入水，湖與天一色。一只木筏隨風漂來，一個女子背對眾人，吹笛而立。朦朧月色下，裙袖輕飄，單薄背影帶著些紅塵之外的傲然獨立，又透著些十丈軟塵的風流嬌俏。弱不勝衣之姿，讓人心生憐惜，可高潔之態，又讓人不敢輕易接近。

眾人的心立即安定下來，正靜靜聽笛時，笛音卻漸低，琴聲漸高，不同於起先的急促，這次是溫和舒緩的，伴著木筏悠悠漂到湖中心。

眾人此時已顧不上欣賞李延年難得一聞的琴音，都只盯著木筏上的女子。李妍轉身朝皇上和皇后的位置襝衽一禮，眾人竟齊齊輕嘆口氣，月色朦朧，只覺得女子長得肯定極美，可這美卻籠著一層紗，怎麼都看不清，越發勾得人心亂意急。

李妍行完禮後，水袖往前一甩，伴著音樂竟然直直從木筏飄落到水面上。席上都是驚呼一聲，有人手中的杯子摔裂在地，有人筷子掉落，連我都是一驚，眼睛不眨地盯著李妍，一時間不明白她怎麼能婷婷玉立在水面。

凌波微步，踏月起舞，羅帶飄揚，裙袖緲纚，只覺得她本就是水中神女，仙姿縹緲，方能在這一方湖面上來去自如，腳踩水波，與月影共嬉。

眾人都是滿面震驚傾慕，神態痴迷，李延年的琴音忽然一個急急拔高，李妍揚手將手中月白羅帶拋出，眾人抬頭看向飛舞在半空中的羅帶，琴聲居然奇妙地貼合著羅帶在空中飄揚迴盪，引得眾人的心也隨著羅帶起伏。驀然低頭間，只掃到一抹俏麗的影子落入水中的月亮。月影碎裂又復合，佳人卻已難尋，只餘波光月影，一天寂寞。

也許最早清醒的就是霍去病、衛將軍和我，眾人仍舊痴痴盯著湖面，我扭頭去看皇上，卻見霍去病和衛將軍都只是看著衛皇后，而衛皇后嘴邊含著絲淺笑，凝視湖面，可那眼角卻似乎滴著淚。我突然不願再觀察皇上的神情，扭回了頭，掃眼間只看李敢也是一臉讚嘆，而李延年一直低頭盯著琴，看不清神情。

紅姑碰了下我的胳膊，示意我看李敢。只見他一臉驚嘆傾慕，身子不自禁地微微前傾。

鴉雀無聲中，皇上突然對平陽公主說：「朕要召見這個女子。」紅姑立即握住我的手笑看向我，我略微點點頭。

李敢的手輕輕一顫，杯中酒灑到衣袍上。他怔了一瞬，眼中的悵然迅速斂去，依舊談笑自若。

平陽公主笑著微躬了下身子，「皇上早已說過要召見。昨日李延年曾為皇上彈唱過一首『傾國傾城』，她就是曲子中的那位傾國傾城的佳人。」

漢武帝喜極而笑，有些自嘲地說：「朕連她容貌都還未看清，就已經覺得她擔得起『傾國傾城』四字，她如何可以立在水面跳舞？」

平陽公主笑說：「皇上不妨猜猜。」

皇上又看了眼湖面，「是否在湖下打了木樁？」

公主拊掌而笑，「我忙碌了幾日的功夫，竟被皇上一語道破。」眾臣都做恍然大悟狀，讚佩地看向皇上，只是不知道幾個真幾個假。霍去病卻只是端著酒杯，慢啜細品，神色淡然。

◈ ◈ ◈

一場晚宴賓主盡歡，或者該說皇上盡歡，和樂融融地散去。我和紅姑站在暗處等人走得差不多時，才攜手向外行去。

紅姑滿臉喜色，我卻高興不起來。很多事情懂得是一回事，親眼看到它發生又是另一回事。當年的衛皇后也曾在這個府邸中，因為一曲清歌引得皇上注意，今夜另一個女子在她眼前重複了她的傳奇。皇上今晚燈下看李妍時，可會有片刻記起多年前的衛子夫？

幼時最喜歡參加宴會，覺得熱鬧非凡，大家都很高興很快樂的樣子。單于在時，更是個個妙語連珠。阿爹有時不想去，我還痴纏著去，今日再次坐在皇室宴席上，才真正看清了富貴繁華下遮藏的全是冷清。

我突然很想阿爹，心緒低沉中，腦中浮現的是九爺的身影，很想去看看他燈下溫暖的身影。一盞燈，一個人，一屋的平安溫馨，「紅姑，妳自己先坐車回去吧！我想自己走一走。」

紅姑細看了我幾眼，柔聲說：「去吧！不要想太多，不是李妍也會有別人。這世上男兒多薄倖，女子多痴心，衛皇后是聰明人，會懂得如何安然處之。」

月色鋪滿石街，柔和的銀色光華流淌在飛簷屋角，偶有幾聲狗叫襯得夜色越發靜謐。正沿著長街快步而行，一輛疾馳而過的馬車忽地在前面停住，霍去病從馬車上跳下，凝視著我問：「妳怎麼在這裡？剛才妳也在公主壽宴上？」

我輕點頭，他冷冷地說：「真要給妳道喜了。」

我咬著嘴唇未說話，自顧向前行去。他對車夫揮了下手示意他離去，默默在一旁隨行。我本想請他離去，可看到他的神色，什麼話都說不出來，只安靜地走著。

馬車的轆轆聲漸漸遠去，夜也如我們般沉默，長街上只聞我們的腳步聲，踢踢踏踏地響著。

霍去病看著前方，輕聲說：「有些事明白是一回事，看著它發生在眼前又是一回事。」

我低聲道：「我明白，你若心裡不舒服就罵我幾句吧！」

他側頭看著我笑，搖搖頭，「就算心裡有氣，現在也散了。難得見妳如此低眉順眼，何況這本就是預料中的事情。只是沒有想到李妍的出場竟然是步步為營，一擊大勝。」他慢慢吟道：「『北方有佳人，絕世而獨立。一顧傾人城，再顧傾人國。寧不知傾城與傾國？佳人難再得！』李妍簡直深諳用兵之道，先讓李延年用一首曲子引得皇上心思大動，卻因為公主壽筵，顧不上立即召見，只能在心裡思慕。再又奇兵突現，克敵於先，如果等著皇上召見就落於被動，天時地利都不見得能如意，今晚的一幕真正精彩。」

月色很好，鋪滿長街，可我依舊只能看清眼前的一點路。長街盡頭有什麼，我看不清。李妍和劉徹的初相逢，以有心算無心，李妍大獲全勝，可以後呢？

兩人沉默地走著，看樣子霍去病是要送我回落玉坊。拐過一條長街，前方剎那燈火通明，一長串燈籠上「天香坊」三字隔著老遠就看得分明。幾個人從天香坊內出來，天香坊的幾位大牌姑娘竟然親自相送，我不禁細細打量了幾眼出門的客人，心頭一震，腳下一軟險些跌倒，霍去病立即伸手扶住我。我不敢置信地盯著前方，不可能！怎麼可能？他怎麼能出現在長安城的街頭？

他穿著漢家服飾，長身玉立於串串大紅燈籠下，白緞袍、碧玉冠，燈火掩映下華貴倜儻。因是胡人，他的五官格外分明，刀刻般的英俊，只是神色清冷異常，如千古積雪，寒氣逼人。本應溫暖的燈光，在他身旁卻都泛著冷意。溫柔鄉解語花，眾人環繞中，他卻仿若孤寂地立身於雪山頂，只是清清冷冷的一個人。原來做了單于的他是這樣子，眉目間再無一絲溫潤，當年的他卻是笑依白馬攬紅偎翠的風雅王爺。

一瞬間我身不能動，口不能言，只是呆呆看著他們向我走來。驀然反應過來，像是再次回到大漠中與於單亡命奔逃時，倉皇間只覺得要趕緊逃，趕緊躲起來。我立即轉過身子，四處打量，兩側都是密密的屋宇，無處可躲。我想跑，霍去病緊握著我的胳膊問：「妳在怕什麼？」

我聽到腳步聲已到身後，滿心無奈恐慌下，猛然撲到霍去病懷中抱住他，臉埋在他的肩頭。他怔了一下，緩緩伸手摟住我，在我耳邊道：「既然我在，長安城沒有人能傷害妳。」

粗豪的笑聲嘖嘖嘆道：「長安城的娘皮們也熱情得很呢！豪爽不比我們……我們西域的姑娘差，看背影倒是長得……」

霍去病手一動，我緊掐了下他的背，他收回手。

一聲輕咳，漢子的話斷在嗓子中，一個無比熟悉又無比陌生的聲音，「公子見諒，家僕口無遮攔，並無輕薄之意，只是地處西域，粗豪慣了。」

我的身子無法抑止地微微抖著，他就站在我身邊，我以為我永不可能再見到他，沒有想到多年後，我和伊稚斜竟然重逢在長安街頭。

如果我突然出手，他會死在我手下嗎？不可能。在這樣的地方，以他現在的身分，跟隨的人肯定都是高手，他的功夫又本就是匈奴中最好的。可我究竟是自己的功夫不能，還是心裡不能？

霍去病用力地摟著我，似乎想藉此告訴我，一切有他。他的聲音冰冷，「各位最好快點消失在我眼前。」

「不識抬舉！你……」

「嗯？」伊稚斜很清淡的一聲，漢子火氣立消，恭聲道：「小的該死。」

「打擾了兩位，我們這就走。」伊稚斜聲音淡淡，語聲未落，足音已去。一把微顯柔軟的聲音，「我家主人好聲好氣給公子道歉，公子卻言語粗魯，空長了一副好皮相，真正讓人失望。」

霍去病猛然摟著我幾轉，幾枚鐵刺落地的聲音，霍去病顯然已是大怒，欲推開我。我緊緊抱住他，低聲求道：「讓他們走，求你，求你……」

「朵兒，妳在做什麼？」伊稚斜聲音雖然平淡，可我已聽出他是帶著怒意。

朵兒？又是這樣的脾氣，目達朵？她竟然也隨著來？

目達朵強笑道：「這位公子功夫很不弱呢！倒是位英雄，難怪脾氣那麼大。在下知錯了，求公子原諒。」

長安城中只怕從沒有人想出手傷了霍去病還能站著說話。他強壓著怒火，只從齒縫中迸了個字：「滾！」

幾聲高低不同的冷哼聲，卻全被伊稚斜淡淡的一個「走」字壓了下去，只聽腳步匆匆，不一會長街又恢復了靜謐。夜色依舊，我卻已是一背的冷汗。

霍去病輕聲說：「他們走了。」

我欲站直，身子卻發軟，險些滑倒，他忙攬住我，我頭搭在他的肩頭，沒有吭聲沒有動，短短一會，我彷彿經歷了一場生死之戰，心疲力盡。

他靜靜站著，直到我抬頭離開他的懷抱，他笑問：「利用完要拋棄了？」我強笑了笑，「多謝。」

他上下打量了我一眼，摸著下巴，視線斜斜地瞅著我，壞笑著說：「這樣的幫助我很樂意伸手，美人在懷，心喜之。不過下次可不能一個謝字打發了我，要有些實質性的表示。」

我低下頭找剛才掉在地上的鐵刺，「誰謝你的懷抱了？我只是謝你不問我，他們是什麼人。」

「如果妳願意告訴我，我不問，妳也會說。如果只是妳想塵封的過去，妳可以永遠不解釋，我只認識我認識的金玉。」霍去病蹲在地上也幫我尋找。

我心中一震，抬眼看向他，他卻只是低頭仔細四處查看，「這裡有一枚。」他剛要伸手拿，我立即道：「不要用手。」

從懷裡掏出手絹，小心地拿起鐵刺，細看後，心中確定果然是目達朵。看來她過得很好，這些年過去，我早已不是當年的我，她卻性子依舊。

「一言不合就出手傷人，居然還浸了毒？」霍去病臉色鐵青地盯著鐵刺。

我搖搖頭，有些寵溺地說：「不是毒，她最喜歡搗亂，這上面只是一些讓人癢癢的藥，不過真中了，雖沒有性命之憂，也夠你癢得心慌意亂。」

霍去病眼中有疑惑，「沒有男子會這麼無聊，是個女子？難怪說話聲音聽著有些怪。」我點了點頭。

霍去病送我到園子，欲告辭離去，我躊躇地望著他，卻難以開口。他等了一會，見我仍不發一言，溫和地說：「妳放心吧！那個男子氣度不凡，隨從也不像一般人，他們肯定不是普通的胡商，但我不會派人追查他們的身分。」我感激地向他行了一禮，轉身要進門，他又叫住我，柔聲說：「如果有什麼事情記得來找我，長安城裡妳不是孤身一人。」

他漆黑的雙眼中盛著暖意，我凝視了他半晌，慌亂的心似乎平復很多，用力點點頭，他粲然一笑，「好好睡一覺。」我目送著他的背影遠去，直到看不見時才關門回屋。

夜色已深，我卻難有睡意，擁著杯子，盯著燈，只看燭淚滴滴，似乎一滴一滴全燙落在心尖。

伊稚斜為什麼來長安？知己知彼，百戰百勝嗎？還是有其他目的？是否世事總難如人意？在我以為徹底拋開過往的一切時，竟然在一抬眼的燈火闌珊處再次望見他。

阿爹，我答應過你絕不會去找伊稚斜，會努力忘記匈奴，也到了中原，可他怎麼出現在長安的街道上？

第九章

心曲

今夕何夕兮，搴舟中流。
今日何日兮，得與王子同舟。
蒙羞被好兮，不訾詬恥。
心幾煩而不絕兮，得知王子。
山有木兮木有枝，心悅君兮知不知？

本來應該派人去天香坊打聽一下伊稚斜他們的去向，可在長安城一向行事謹慎的我，卻只是盡量減少出門，日日待在園中練習吹笛，或與姑娘們笑鬧著消磨時間。我是在刻意地忽略和忘記嗎？原來過了這麼多年，我還是不敢面對。

心中有感，只反覆吹著一個曲調，「山有木兮木有枝，心悅君兮知不知？」知不知，知是不知呢？舊愁加新愁，心內越發彷徨。

窗外一個聲音道：「本不想打擾妳，等著妳一曲吹完，可怎麼沒完沒了？」說著扣了幾下門。

我擱下笛子，「門沒有拴，請進。」

霍去病推門而入，拿起案上的笛子隨手把玩，「妳剛才吹的是什麼?聽著耳熟，卻實在想不起來是什麼曲子。」

幸虧他從不在這些事情上留心，我暗鬆口氣，奪過笛子放回盒中，「找我什麼事？」

他仔細打量著我，「來看看妳可好？」我振作精神地笑了笑，「我很好。」

他笑著反問：「整日躲在屋中不出門就是很好？」

我低頭看著桌面，「我樂意不出門。」

他忽然探頭到我眼前，眼睛一瞬不瞬地看著我問：「妳問我要的那些書是給李妍看的嗎？」他話題轉得太快，我愣了一會才反應過來他指的是那些書，身子微側，扭過頭輕應了聲「是」。

他在我耳邊低聲問：「妳看了沒有？」暖暖的氣息呵在我耳邊，半邊臉滾燙。我心中一慌，猛然伸手推開他。他手支著頭，笑瞇瞇地看著我，我被他盯得全身上下都不舒服，從榻上跳起來，「我要忙事情去，你趕緊離開。」

他懶洋洋地站起來，嘆道：「女人的臉比沙漠的天氣變化得更快。剛剛還晴空萬里，霎時就沙塵漫天。」

我一言不發地拉開門，盯著他，示意他快走。他臉色一整，神色冷然地從我身邊走過，我正欲關門，他卻一回身清清淡淡地說：「妳冷著臉的樣子，讓人越發心癢。」我狠狠剜了他一眼，「砰」地一聲摔上門。

還滿心惱怒地想著霍去病，門口又是幾聲輕響，我無奈地斥道：「你怎麼又回來了？」

卻是紅姑納悶地問：「我不回來還能去哪裡？」

我忙笑著開門，「我被人氣糊塗了，剛才的火可不是向妳發的。」

紅姑笑起來，「發發火好，妳都蔫了兩、三天，今天倒看著有生氣多了。隨我去園中逛逛，我們邊走邊說，這麼好的天氣坐在屋子裡未免辜負。」

我忽地驚覺，被霍去病一鬧，我光忙著生氣，堆積幾天的愁緒竟然去了大半，他……他是故意的嗎？

紅姑看我立在門口愣愣發呆，笑牽起我手向外行去，「別胡思亂想了，想些正經事情。我昨日算了一筆帳，看餘錢可以再買一個園子，妳的意思如何？我打算……」我和紅姑一面在園子裡散步，一面商量著歌舞坊的生意往來。

「陳公子，求您不要這樣，不是說好了只陪您走走的嗎？」秋香一面掙扎，一面哀求，正欲強抱她的男子卻毫不理會，仍舊上下其手。我和紅姑對視一眼，都有些生氣。把我們歌舞坊當什麼了？如今就是長安城最下流無賴的權貴，到了落玉坊都要收斂幾分，今日倒撞見個愣大膽。

紅姑嬌聲笑道：「出來隨意走走都能看到雀兒打架，男女之情要的是個你情我願才有意趣，公子若真喜歡秋香，就應該花些功夫打動她的心，讓她高高興興的跟了公子，這方顯得公子風流雅致。」

男子放開秋香，笑著回頭，「講得有意思，可我偏覺得不情不願才有意思……」我們眼神相遇時，他的笑容立僵，我的心一窒，轉身就走。他喝叫道：「站住！」

我充耳不聞，急急前行。他幾個縱躍追到身旁伸手拉我，我揮手打開她，再顧不上避諱，也快步飛奔起來。她在身後用匈奴話叫道：「玉謹姐姐，我知道是妳，我知道是妳……」說著已經帶了哭腔，女兒態盡顯無疑。

我腳步停住，卻仍舊沒有回頭，她走到我身後，吸了吸鼻子低聲說：「就我一個人胡鬧著跑出來玩，單于沒有在這裡。」我轉身看向她，兩人都細細打量著對方，半晌無一句話。紅姑看了我們一眼，帶著秋香快步離去。

「妳怎麼還是老樣子？在長安城都這麼無法無天，竟然調戲起姑娘來。」我笑問。

目達朵猛然抱住我哭起來，「他們都說妳死了……他們都說妳死了，我哭了整整一年，為什麼於單臨死都指天發誓說妳已經死了？」

我以為我已經夠堅強，眼中卻還是浮出點點淚花，緊咬著嘴唇不讓它們掉下來，「於單……於單臨去前，妳見過他？」

目達朵一面掉淚一面點頭，「單于剛開始不相信妳死了，知道我們自小要好，所以特意讓我去問妳的下落，可於單親口告訴我，妳的確已死，他把妳的屍身葬進流沙中。」我拿出手絹遞給她，卻半晌都沒有辦法開口問於單被捉後的事情。

「姐姐，妳也在這裡賣歌舞嗎？要多少錢給妳贖身？」目達朵抹著眼淚問道。

「這個園子是我的，我是這裡的坊主。」我看著她，暖暖一笑。

目達朵拍了下自己的腦袋笑起來，「我真笨，這天下有誰能讓姐姐做不願意做的事情呢？扔他一顆我們的『癢癢釘』，癢死他！」

我嘴唇微抿，卻沒有笑出來。目達朵的笑容也立即消失，沉默了會說道：「姐姐，單于沒有殺於單，於單是自己病死的。」

我冷笑一聲，「病死的，是嗎？於單和我們從小一塊玩，他身體有那麼差嗎？我們大冬天把他騙到冰湖裡，我們自己都凍病了，可他卻什麼事情都沒有。」

目達朵急急解釋：「姐姐，是真的。單于要殺於單，捉他時就可以殺，可單于卻下過命令只許活捉，否則怎麼會追一個人追了幾天幾夜？而且妳不知道，單于知道追你們時已經誤傷了妳，氣得臉慘白。我從沒有見單于那麼生氣過，嚇得追你們的幾千勇士全跪在地上，而且單于一直不肯相信妳會死，一遍遍追問於單妳怎麼死的，可於單講得活靈活現，單于翻遍了整個西域都找不到妳。通往漢朝的各個關口都派了重兵，也沒有發現相似的人，後來我們就相信了於單的話。」

我冷笑道：「我不想再探究這些，就算於單是病死，可還有我阿爹和閼氏，難道他們是自己想自盡？這些事情都是誰造成的？他雖未殺他們，可他們卻是因他而死。」

目達朵含著淚，搖頭再搖頭，「姐姐，我一點都不明白太傅為什麼要自盡，單于一直在說服太傅留下幫他，就算太傅不肯也可以求單于放他走，可他為什麼要自盡呢？記得那天我剛睡下，突然就聽到外面的驚叫聲，我趕緊穿衣出了帳篷，聽到眾人都在叫嚷『先王的閼氏自盡了』，沒一會又有人哭叫著說『太傅自盡了』。我因為想著姐姐，顧不上去看閼氏，一路哭著跑去看太傅。卻看到單于飛一般的跑來，估計單于也是剛睡下，匆忙間竟連鞋都沒有穿，赤足踏在雪地裡。看到太傅屍身的剎那，他身子一踉蹌差點摔在地上，眾人嚇得要死，齊齊勸他休息，他卻臉色蒼白地喝退眾人，在太傅屍身旁一直守到天明。

姐姐，自從單于起兵自立後，我本來一直都是恨單于的，恨他奪了於單的位置。可那天晚上我看見單于一個人孤零零坐在帳篷內，當時外面下著大雪，我們烤著火盆都覺得冷，可單于居然只穿一件單衣坐到天明，身子一動不動，他的眼睛裡沒有高興，竟然全都是痛苦悽楚。天雖冷，可他的心只怕比天更冷，我在外面偷偷看了他一夜，突然就不恨他了，覺得他這麼做肯定有他的理由。而且我真覺得他比於單更適合當我們的單于，這些都是我親眼看到的，絕對沒有欺哄姐姐。單于後來還不顧所有重臣的反對，執意下令按照漢人的禮儀厚葬太傅……」

巨大的痛楚啃噬著心，我緊摁著胸口，痛苦地閉上眼睛。當年在祁連山下聽到阿爹已去的消息時，也是這麼痛，痛得好像心要被活生生挖掉，而那一幕又再次回到我的心中。

於單丟下我後，我沒有聽阿爹的話去中原，而是隱匿在狼群中，費盡心機地接近阿爹。憑藉著狼群的幫助，我成功地躲開一次次的搜索。我以為我可以偷偷見到阿爹，甚至可以帶他一塊逃走，可當我就要見到阿爹時，卻聽到阿爹已死的消息。

當時已經下了三天三夜的雪，地上積雪直沒到我的膝蓋，可老天還在不停地下，天地間的一切都是慘白的。

於單死了，閼氏死了，阿爹死了，我心中的伊稚斜也死了。我大哭著在雪地裡奔跑，可是再不會有任何人的身影出現。臉上的淚珠結成冰，皮膚裂開，血沁進淚中，結成紅豔豔的冰淚。

十二歲的我在雪地裡跑了整整一天，最後力盡跌進雪中，漫天雪花紛紛揚揚地落在我的臉上、身上。我睜大雙眼看著天空，一動不動，沒有力氣，也不願再動，雪花漸漸覆蓋我的全身，我覺得一切都很好，我馬上就再也沒有痛苦，就這樣吧！讓一切終結在這片乾淨的白色中，沒有一絲血腥的氣味。

狼兄呼嘯著找到我，用爪子把我身上的落雪一點點挖掉，想用嘴拖我走。可當時的牠還那麼小，根本拖不動我，牠趴在我的心口用整個身子護住我，不停地用舌頭舔我的臉、我的手，想把溫暖傳給我。我讓牠走，告訴牠如果狼群不能及時趕到，牠也會凍死在雪地裡，可牠固執地守著我。

狼兄的眼睛一眨不眨地盯著我，我一想閉眼，牠就拚命地用舌頭舔我。牠和阿爹的眼睛根本不像，可眼裡蘊含的感情卻是一模一樣，都是要我活下去。我想起答應過阿爹，不管碰到什麼都一定會活下去，而且一定要快活的活下去，因為阿爹唯一的心願就是要我活著。

我盯著狼兄烏黑的眼睛，對狼兄說：「我錯了，我要活下去，我一定要活下去。」幸虧狼群及時趕到，雪也停了，我被狼群所救，他們用自己的身體和獵物的熱血讓我的手腳恢復知覺……

◈ ◈ ◈

我驀然叫道：「別說了！目達朵，對妳而言這只是一個個過去，可這些都是我心上的傷痕，曾經血淋淋，現在好不容易結疤不再流血。為什麼妳會出現在我面前，把結好的傷疤全部撕開？妳回去吧！如果妳還顧念我們從小的情誼，請當從沒見過我，早就沒有玉謹此人，她已經死在那年大雪中了。」

我一甩衣袖就要離開，目達朵緊緊拽著我，喃喃叫：「姐姐，姐姐……」

離開匈奴前，我、於單、日磾和目達朵四人最要好。因為阿爹的關係，我和於單較其他人又多了幾分親密。於單、日磾和我出去玩時都不喜歡帶上目達朵，她一句話不說，一雙大眼睛卻總是盯著我們。

我逗著她說：「叫一聲姐姐，我就帶妳出去玩。」

她固執地搖頭不肯叫我，鄙夷地說：「妳自己都不知道自己多大，說不定比我小，我才不要叫妳姐姐。」

但不管我們走到哪裡，她總是跟在後面，甩也甩不掉，日子長了，我倆反倒好起來。因為一樣的固執，一樣的飛揚嬌蠻，一樣的胡鬧瘋玩。當我決定自己的年齡後，我讓目達朵叫我姐姐，她思考一晚後竟痛痛快快地叫了。我還納悶她怎麼這麼好說話，從於單那裡才知道原來她覺得一聲姐姐，可以換得我以後事事讓著她，她覺得叫就叫吧！

幾聲「姐姐」叫得我心中一軟，我放柔聲音道：「我現在過得很好，我不想再回去，也不可能回去。」

目達朵默默想了會，點點頭，「我明白了，妳是不想見單于，我不會告訴單于我見過妳。」

我握著她的手，「多謝。你們什麼時候回去？」

目達朵開心地也握住我，「明天就走，所以今日大家都很忙，沒有人顧得上我，我就自己跑出來玩了。」

我笑道：「我帶妳四處轉轉吧！再讓廚房做幾個別致的漢家菜餚給妳吃，就算告別。」

目達朵聲音澀澀地問：「我們以後還會見面嗎？」

回頭處，一步步足跡清晰，可我們已經找不到回去的路了。我苦澀地說：「我希望不要再見，我和伊稚斜絕不可能相見時是一笑。而妳已經選擇了他，如果再見，只怕妳會左右為難。」

目達朵的臉立即燒得通紅，又是慚愧又是羞赧地低頭盯著地面。我原本的意思是她選擇了伊稚斜做他們的單于，可看到她的臉色，心中一下明白過來，說不清楚什麼滋味，只淡淡問道：「妳做了他的妃子嗎？」

目達朵搖搖頭，輕嘆口氣，「單于對我極好，為此閼氏很討厭我。像這次來中原，沒有人同意我來，可我就是想來，單于也就同意了，閼氏因為這事還大鬧了一場。可我仍舊看不清單于心裡想什麼，不過如果他肯立我做他的妃子，我肯定願意。」她說著有些慚愧地偷偷看了我一眼。

我笑起來，果然是匈奴的女子，喜歡就是喜歡，想嫁就是想嫁，從不諱言自己的感情，也不覺得有什麼羞人。

「不用顧及我，妳雖然和我好，可妳想嫁給伊稚斜是妳自己的事情。只希望我和他不要有真正碰面的一天。」

目達朵有些恐懼地看著我，「妳想殺單于嗎？」

我搖搖頭，如實回道：「目前不會，以前非常痛苦地想過、掙扎過，最終一切都慢慢平復，以後……以後應該也不會，我只盼此生永不相見。目達朵，其實不是我想不想殺他，而是他想不想殺我。有些事情一旦做了就要做徹底，否則他會害怕和擔心。就如他寧願在我阿爹自盡後痛苦內疚，也不願給我阿爹一條生路。」

目達朵神情微變，似乎明白些什麼，口中卻不願承認，依舊固執地說：「單于沒有想讓你們死，他下過命令的，沒有……」

我苦笑著說：「妳怕什麼？還怕我真去殺他嗎？他想殺我很容易，而我想殺他談何容易？他是匈奴的第一勇士，是匈奴帝國的單于，我若要殺他就要和整個匈奴帝國為敵，那我這一生就只能為這段仇恨活著。阿爹只希望我找到贈送芍藥的人，用才智守護自己的幸福，而不是費盡心機糾纏於痛苦。目達朵，即使我和伊稚斜真有重逢的一天，也是我死的可能性比較大，妳根本不必擔心他。只怕他一旦知道我還活著，我能不能在長安城立足都是困難。」

目達朵眼含愧疚，鄭重地說：「我一定不會告訴任何人妳還活著。」

◈ ◈ ◈

「元朔六年正月初一，新年的第一天。我不知道今年我是否會一直很開心，但新年的第一天我是真的開心。三十晚上，我從小淘腿上解下的絹條，讓我開心了一整個晚上，九爺請我初一中午去石府玩，這是他第一次主動讓我去看他，我在想是否以後會有很多個第一次，很多個……」

將絹帕收到竹箱中，仔細看看，不知不覺中已經有一小疊，不知道何時才能將這些絹帕上千迴百轉的心思全部告訴他。

我先去給爺爺和石風拜年，陪爺爺說了大半日的話，又和石風鬥嘴逗著爺爺笑鬧了會，方轉去竹館。

剛到竹館就聞到隱隱的梅花香，心裡微有些納悶，九爺平常從不供這些花草的。

屋子一側的桌上放著一個胖肚陶瓶，中間插著幾株白梅花，花枝不高，花朵恰好探出陶瓶，但花枝打得很開，花苞又結得密，開得正是熱鬧，看著生機盎然。

梅花旁相對擺著兩個酒杯，兩雙筷子，一個小酒壺正放在小炭爐上隔水燙著。我的唇角忍不住地向上彎了起來，湊近梅花深嗅一下。九爺從屋內推著輪椅出來，「梅香聞的就是若有若無。」

我回頭看向他，「不管怎麼聞怎麼嗅，要緊的是開心。」

他溫和地笑起來，我背著雙手，腦袋側著，笑看著他問：「你要請我吃什麼好吃的？」

「一會就知道了。」

他請我坐到桌旁，給我斟了杯燙酒，「妳肩膀還疼嗎？」

我「啊」了一聲，困惑地看著他，瞬間反應過來，忙點頭，「不疼了。」

他一愣，「到底是疼，還是不疼？」

我又連連搖頭，「就還有一點疼。」

他抿著嘴笑起來，「妳想好了再說，疼就是疼，不疼就是不疼，怎麼動作和話語兩個意思？」

我敲了下自己的頭，沒用！摸著自己的肩膀，道：「沒有先前疼了，不過偶爾會有一點疼。」

「生意忙也要先照顧好自己的身子，天寒地凍的，人家都捂了一件又一件，妳看看妳穿什麼？難怪妳不是嗓子疼、頭疼，就是肩膀疼。」

我低頭轉動著桌上的酒杯，抿唇而笑，心中透著一絲竊喜。

石雨在門外叫了聲「九爺」，托著個大托盤進來，上面放著兩個扣了蓋子的大碗公，朝我咧嘴笑了下，在我和九爺面前各自擺了一碗。

我看著面前的大碗，納悶地笑著說：「難道就招呼我吃一碗麵？」

九爺替我揭開蓋子，「傳說壽星彭祖之所以能活到八百多歲，就是因為他臉長。『臉』即『面』也，臉長即面長，用這碗長壽麵恭賀妳的生辰，祝妳福壽雙全。」

碗中的麵細如髮絲，乳白的骨湯，上面漂著嫩綠的香菜和蔥花。我用筷子輕翻了一下麵，低聲道：「今日又不是我的生辰。」

他溫和地說：「每個人都應該有這個特別的日子。妳既然不知道自己的生日，那就用這個日子吧！去年的今天我們重逢在此，是個吉利日子，又是一年的第一天，以後每年過生日時，千家萬戶都與妳同樂。」

我聲音哽在喉嚨裡，一句話都說不出來，只是撈起一筷子麵塞到嘴裡，他在一旁靜靜陪著我吃長壽麵。

麵的滋味香滑，吃到肚裡，全身都是暖的。一向覺得只有肉好吃的我，平生第一次覺得麵才是天下最好吃的東西。

吃完麵，兩人慢慢飲著酒，有一句沒一句地說著話。我酒量很差，不敢多喝，可又捨不得不喝，只得一點點啜著。我喜歡兩人舉杯而飲的微醺感，溫馨的，喜悅的。

冬日的天黑得早，剛過了申時，屋內已經暗起來。九爺點燃火燭，我心裡明白該告辭了，可又磨蹭著不肯離去。心裡幾番猶豫，最後鼓起勇氣，裝作不經意地笑說：「我最近新學了首曲子，吹得比以前好聽。」

九爺含笑道：「妳還有空學曲子，看來也沒有我想得那麼忙。是什麼曲子？」

我穩著聲音，「我吹給你聽，看知道不知道？」

他取了玉笛出來，又用乾淨的絹帕擦拭一遍，笑著遞給我。我低頭不敢看他一眼，握著玉笛的手輕輕顫抖，隱在袖中好一會，方把笛子湊到唇邊。

「今夕何夕兮，搴舟中流。

今日何日兮，得與王子同舟。

蒙羞被好兮，不訾詬恥。

心幾煩而不絕兮，得知王子。

山有木兮木有枝，心悅君兮知不知？」

已經練了千百遍的曲子，此時吹來，卻時不時地帶著顫音。吹完後，我頭仍舊低著，握著笛子一動不動地坐著，唯恐自己的一個細微舉動，都會敲碎一些什麼。

寂靜，死一般的寂靜，靜得空氣都膠著在一起。火燭的光都不再跳動，似乎越變越暗。

「聽著陌生，曲子倒是不錯，可妳吹得不好。天快全黑了，妳回去吧！」九爺清清淡淡、水波不興地說著。

喀地一聲，還未覺得痛，心上已經有了道道裂紋。半晌後，疼痛才沿著縱橫的裂紋，絲絲縷縷地滲入全身，疼得身子微微顫著。抬頭看向他，他與我眼光一觸，瞳孔似乎驟然一縮，立即移開了視線。我固執地盯著他，他卻只是專注地凝視著陶土瓶中的白梅，我眼中的「為什麼」和傷心，他似乎全都看不見。

他不會再理妳，離開吧！至少一切還未完全揭破，還可以貌似有尊嚴地離去。心中一個聲音細細地勸著，可另一邊卻是不死心，總覺得他會再抬頭看我一眼。

良久我默默站起離去，走到門口伸手推門時，方覺手中還緊緊握著玉笛。因為太過用力，指甲陷進手心，滲出些許血，浸染到碧玉笛上，點點驚心的殷紅。

我轉身將玉笛輕輕擱在桌上，一步一步地出了門。

半黑中，我不辨方向地走著，是否回落玉坊，我根本沒有想起。腦子中只剩雷鳴一般的聲音，反反覆覆，「聽著陌生，曲子倒是不錯，可妳吹得不好。」

為什麼？為什麼？他對我一點好感都沒有嗎？可他為何又對我這麼好？為何我晚歸時，會在燈下等我？為什麼我每一個小毛病都惦記著，仔細開了方子給我，時時叮囑？為什麼會溫和疼惜地和我說話？為什麼給我過生日？為什麼？太多的為什麼，讓我的腦袋疼得似乎要炸裂。

新年時節，戶戶門前都掛著巨大的紅燈籠，溫暖的紅光映在街道上。空氣中飄著濃郁的肉香味，一切都是溫馨甜美，抬眼處、手一擁就是家的幸福，可低頭處只有自己的影子相隨，伴著燈光忽強忽弱，瑟瑟晃動。

幾個貪玩的孩童正在路口點爆竹玩，竹子在火光裡發出陣陣的「劈啪」聲，孩子們嘻嘻笑著，半捂著耳朵，躲在遠處等著那幾聲震天動地的炸響。

我直直從火旁走過，恰巧竹火爆開，一聲巨響後，幾點火星落在我裙上，微風一吹，迅速燃起。孩童一看闖了禍，叫嚷了幾聲，一哄而散。我低頭看著裙上的火越燒越大，呆了一瞬，才猛然反應過來究竟怎麼回事，情急下忙用手去拍，火勢卻是止也止不住。正急得想索性躺在地上打滾滅火，一件錦鼠毛皮氅撲打在裙上，三兩下已經滅火。

「手傷著了嗎？」霍去病問，我搖搖頭，把左手縮到身後。

霍去病抖了抖手上的大氅，嘆道：「可惜了，前幾日剛從皇上那得來的，今日才上身。」

我本想說賠他一件，一聽是皇上賞賜，又閉上了嘴巴。他看了我兩眼，把大氅披在我身上，「雖說不好了，可比妳這大洞、小窟窿的裙子還是好很多。」

我攏了攏大氅，「你怎麼在街上？」

「剛去給公主和舅父拜年回來。妳怎麼一個人在街上？看樣子還逛了很長時間，髮梢都結了霜。」說著用手替我輕拍了幾下鬢角髮梢，細心地把冰霜拍去。

我沒有回答，轉頭四處打量，看究竟身在何方，竟然糊裡糊塗轉了小半個長安城。他細看了我一會，「大過年的，怎麼一副喪氣樣子？跟我來！」

我還未來得及出聲反對，他已經強拽著我跳上馬車。我的力氣都已在剛才用完，此時只覺一切都無所謂，默默地任由他安置我。

他見我一聲不吭，也沉默地坐著，只聽到車轂轆壓著地面「吱扭」的聲音。

半晌後，他道：「我知道妳吹的是什麼曲子了。我隨口哼了幾句，被皇上無意聽見，打趣地問我哪個女子向我唱了《越人歌》，我還糊裡糊塗地問皇上『為什麼不能是男子唱的？』」

我向他扯了扯嘴角，勉強擠了一絲笑。

「楚越相近，但言語不通。楚國鄂君坐舟經過越國，河上划舟的越女見之傾心，奈何語言不通，遂唱了這首歌，鄂君聽懂了曲意，明白了越女的心意，笑著把她帶回家。」霍去病娓娓講述著這段發生在一百多年前的故事。

因為美麗的遇見與結局，也許很多女子都會仿效越女，試圖抓住自己的幸福。可不是每一個人都會得償所願，我不願再聽這個故事，打斷他的話，「你要帶我去哪裡？」

他靜靜盯了我一會，忽地一個燦如朝陽的笑容，「帶妳去聽聽男兒的歌聲。」

霍去病竟然帶著我長驅直入羽林軍的軍營。劉徹登基之初，選隴西、天水、安定、北地、上郡、西河等六郡出身良好的少年護衛建章宮，稱建章營騎。當時朝政還把持在竇太后手中，劉徹雖有掃蕩匈奴之志，卻在連性命都無法保障的情況下，只能做起沉溺於逸樂的紈褲少年。

劉徹常命建章營騎分成兩隊，扮作匈奴和大漢相互廝殺操練，好像一幫少年的遊戲取樂，卻正是這個遊戲隊伍經過劉徹多年的苦心經營，變成了大漢軍隊的精銳所在。現在已經改名羽林騎，取「如羽之疾，如林之多」的意思。

雖然是過年，可軍營內仍舊一片肅殺之氣，直到轉到休息的營房，才有了幾分新年的氣象。門大開著，巨大的膏燭照得屋子透亮，炭火燒得通紅，上面正烤著肉，酒肉的香氣混在一起，惹得人食指大動。

霍去病出身羽林軍，屋內圍爐而坐的眾人顯然和他極熟稔，看到霍去病都笑著站起身來。一個錦衣男子笑道：「鼻子倒是好，新鮮的鹿肉剛烤好，你就來了。」我聞聲望去，認出是李敢。

霍去病沒有答話，帶著我徑直坐到眾人讓出的位置上。大家看到我都沒有任何奇怪的神色，彷彿我的到來天經地義，或者該說任何事情發生在霍去病身上都很正常。一個少年在我和霍去病面前各擺了一個碗，二話不說，嘩嘩地倒滿酒。

霍去病也是一言不發，端起酒向眾人敬了一下，仰起脖子就灌下去。大家笑起來，李敢笑道：「你倒是不囉嗦，知道晚了就要罰酒。」說著又給他斟了一碗，霍去病轉眼間三碗酒已經喝下。

眾人目光看向我，在炭火映照下，大家的臉上都泛著健康的紅色，眼睛是年輕純淨、坦然熱烈，如火般燃燒著。不知道是炭火，還是他們的眼睛，我竟覺得自己的心一熱，深吸了口氣，笑著端起碗學著霍去病的樣子向眾人敬了下，閉著眼睛一口氣不停地灌下去。

一碗酒下肚，眾人鼓掌大笑，鬨然叫好。我抹了把嘴角的酒漬，把碗放在桌上。第二碗酒注滿，我剛要伸手拿時，霍去病端起來，淡淡道：「她是我帶來的人，剩下兩碗算我頭上。」說著已經喝起來。

李敢看著我，含笑道：「看她的樣子不像會喝酒，竟肯捨命陪君子，拚卻醉紅顏，難得！在下李敢。」說著向我一抱拳，我怔了一瞬，方沉默地向他一欠身子。

李敢和霍去病的關係顯然很不錯。霍去病在眾人面前時很少說話，常常都是一臉倨傲冷漠，一般人輕易不願自討沒趣，也都與他保持一定距離。可李敢與霍去病一暖一冷的性格，倒是相處得怡然自得。

李敢給霍去病倒滿第三碗酒，也在自己的碗中注滿酒，陪著霍去病飲了一碗。又用尖刀割了塊鹿肉，放在我和霍去病面前。

霍去病用刀叉了一塊肉遞給我，低聲道：「吃些肉，壓一下酒氣。」

其他人此時已經或坐或站，撕著鹿肉吃起來，都不用筷子，有的直接用手扯下就吃，文雅點的用刀割著吃。還有忙著划拳的，喝七喊六，吆喝聲大得直欲把人耳朵震破。

我的酒氣開始上湧，眼睛花了起來，只知道霍去病遞給我一塊肉，我就吃一塊，直接用手抓著送到嘴裡，隨手把油膩擦在他的大氅上。

醉眼朦朧中，似乎聽到這些少年男兒敲著几案高歌，我也扯著喉嚨跟著他們喊：「……唱萬歲，送我行。父娘慷慨申嚴命：弧矢懸，四方志，今日慰生平。好男兒，莫退讓，馬踏匈奴漢風揚；鐵弓冷，血猶熱……」

大喊大叫中，我心中的悲傷愁苦，似乎隨著喊叫從心中發洩出少許。我也第一次約略明白幾分少年男兒的豪情壯志、激昂熱血。

◈ ◈ ◈

第二日早上，我呻吟著醒來，紅姑端著一碗醒酒湯嘀咕道：「往日不喜飲酒的人，一喝卻喝成這個樣子。」

我扶著自己的腦袋，只覺得重如千斤。紅姑搖搖頭，一勺一勺地餵我喝醒酒湯。我喝了幾口後問道：「我怎麼回來的？」

紅姑嘴邊帶著一絲古怪的笑，嬌媚地睨著我，「醉得和灘爛泥一樣，能怎麼回來？霍公子送到門口，我想叫人背妳回屋，霍公子卻直接抱著妳進屋子。」

我「啊」了一聲，頭越發沉重起來。紅姑滿臉幸災樂禍，「還有更讓妳頭疼的呢！」

我無力地呻吟著，「什麼？」

「霍公子要走，妳卻死死抓住人家袖子不讓走，嚷嚷著讓他說清楚。妳說得顛三倒四，我也沒怎麼聽懂。反正大概意思是『為什麼要對我那麼好？你可不可以對我壞一些？你對我壞一些，也許我就可以不那麼難過。』弄得霍公子坐在榻邊一直陪著妳，哄著妳，直等妳睡著才離去。」我慘叫一聲，直挺挺地跌回榻上。我究竟還胡說八道了多少？

漸漸想起自己的荒唐之態，一幕幕從心中似清晰似模糊地掠過。我哀哀苦嘆，真正醉酒亂性，以後再不可血一熱就意氣用事。

我伸著裹著白巾的左手道：「我記得這是妳替我包的。」

紅姑點頭道：「是我包的，不過霍公子在一旁看著，還督促我把妳的指甲全剪了，寒著臉嘀咕了句『省得她不掐別人就掐自己』。可憐我花在妳指甲上的一番心血，但看到霍公子的臉色，也不敢有絲毫廢話。」我忙舉起另外一隻手，果然指甲都變得禿禿的，我哀嘆著掩住了臉。

◈ ◈ ◈

「怎麼沒人唱歌了？」我趴在馬車窗上，大口吸著冷風。霍去病把我拽進馬車，一臉無奈道：「怎麼酒量這麼差？酒品也這麼差？」

我笑著掙開他的手，朝著車窗外高聲大唱：「唱萬歲，送我行。父娘慷慨申……命：弧矢懸，四……志，今日慰……」

他又把我揪回了馬車，「剛喝完酒，再吹冷風，明天頭疼不要埋怨我。」

我要推開他，他忙拽住我的手，卻恰好碰到先前的傷口，我齜牙咧嘴地吸氣。他握著我的手細看，「這是怎麼了？難道又和人在袖子裡面打架？」

我嘻嘻笑著說：「是我自己掐的。」

他輕聲問：「疼嗎？」

我搖搖頭，指著自己的心口，癟著嘴似哭似笑地說：「這裡好痛。」

他面容沉靜，不發一言，眼中卻帶了一分痛楚，定定地凝視著我。看得已經醉得一塌糊塗的我也難受起來，竟然不敢再看他，匆匆移開視線。

◈ ◈ ◈

紅姑笑得和偷了油的老鼠一樣，揪著我的衣服，把我拽起，「不要再胡思亂想，喝完醒酒湯，吃些小米粥，再讓丫頭服侍妳泡個熱水澡，就不會那麼難受。」

◈ ◈ ◈

小謙和小淘現在喜歡上吃雞蛋黃。小謙還好點，雖然想吃也只是在我餵食的時候「咕咕」叫幾聲。可小淘就是淘氣，我走到哪，牠跟到哪，在我裙邊繞來繞去，和我大玩「步步驚心」的遊戲。我在「踩死牠」還是「胖死牠」之間猶豫一陣後，決定讓牠慢性自殺。這個決定害得我也天天陪著吃雞蛋，牠們吃蛋黃，我吃蛋白。

我時不時會看著小謙和小淘發呆，盡力想忘記九爺的話。那句「曲子倒是不錯，可妳吹得不好。」每從心頭掠過一遍，心就如被利刃劃過般的疼。我們已經一個多月沒有任何聯繫，有時候會想，難道我們從此以後再無關係了？

夜色低垂時，我倚在窗口看點點星光，小謙和小淘在黑夜中刺眼的白，時刻提醒著我，今晚的夜色和以前是不同的。我暗問自己是否做錯了？也許根本不應該吹那首曲子，否則我們之間至少還有夜晚的白鴿傳信。我太貪心，想要更多，可我無法不貪心。

清晨剛從水缸中汲了水，一轉身無意中掃到窗下去年秋天開的一小片花圃中的幾點嫩綠，我一驚之下大喜，喜還未上眉頭，心裡又幾絲哀傷。

走到花圃旁蹲下細看，這些鴛鴦藤似乎是一夜之間就冒了出來，細小的葉瓣還貼著地面，看著纖弱嬌嫩，卻是穿破了厚重的泥土層才見到陽光。

它們在黑暗的泥土裡掙扎，從秋天到冬天，從冬天到春天，一百多個日日夜夜，不知道頭頂究竟多厚的泥土，它們是否懷疑過自己真能見到陽光嗎？

我輕輕碰了下它們的葉子，心情忽地振奮起來，催丫頭心硯去找花匠幫我編一個竹篾筐子，罩在鴛鴦藤的嫩芽上，好擋住小謙和小淘的摧殘。

我在石府圍牆外徘徊良久，卻始終不敢躍上牆頭。我一直以為自己是一個有勇氣的人，現在才明白人對真正在乎和看重的事，只有患得患失，勇氣似乎離得很遠。

想進不敢進，欲走又捨不得。百般無奈下，我心中一動，偷偷跳上別家的屋頂，立在最高處，遙遙望著竹館的方向。沉沉夜色中，燈光隱約可見，他在燈下做什麼？

這是一個沒有月亮的夜晚，只兩、三顆微弱的星子忽明忽滅。黑如墨的夜色中，整個長安城都在沉睡，可他卻還沒有睡。我獨自站在高處，夜風吹得衣袍獵獵作響，身有冷意，而那盞溫暖的燈卻遙不可及。

燈一直亮著，我就一直望著。不知道痴站了多久，隱隱傳來幾聲雞鳴，方驚覺天已要亮，我的心驀然酸起來，不是為自己。一盞孤燈，一個漫漫長夜，獨自一人，他又是為何長夜不能眠？究竟為什麼要守著寂寞孤清？

街上已有早起的行人，我不敢再逗留，匆匆躍下屋頂。未行幾步，腳步一頓，瞬時呆在當場。

霍去病正站在街道當中。暗淡的晨曦下，他微仰頭，一動不動地凝望著我站了一夜的屋頂。清冷的晨風吹過，他的袍袖衣角似仍帶著幾分夜的寒意。

他在此處站了多久？

他看向我，深黑雙瞳中喜怒難辨，似乎沒有任何感情，可即使隔著千山萬水，依舊躲不開那樣專注的視線。我的心一窒，不敢再與他對視，倉促地移開視線。兩人遙遙立著，他不語，我不動，一徑地沉默。

路上偶有經過的行人，望望他又望望我，滿臉的好奇，卻因為霍去病氣宇不凡，個個都不敢多看，只得快步走過。陽光由弱變強，明亮地灑滿一地，他忽地笑起來，似乎笑得很是暢快，「風露立通宵，所謂何事？」

我嘴角微動一下，卻嗓子發澀，難以回答他的問題，驀然拔腿從他面前匆匆跑過，不敢回頭也不能回頭。

◈　◈　◈

燭光下，硯臺中的墨又已變稠，可我仍舊找不到一句可以落筆的話。我該說什麼？從白日想到晚上，竟然還是一無所得，最後一咬牙提筆寫道：「我陪小謙和小淘一塊吃雞蛋，吃得多了，好像有些積食，吃不下飯。我不喜吃藥，你可有法子？」

寫完後不敢再想，怕一想就勇氣全消，會把絹條燒掉。急急把絹條綁在小謙腳上，吹了竹哨讓牠去石府。

小謙走後，我坐立難安，從屋內走到院中，又從院中走回屋內，最後索性打起燈籠，蹲在小花圃前仔細看著鴛鴦藤。它們長得真是快，昨日早晨還貼在地上，現在已經高出地面小半指的距離。是不是像它們一樣足夠努力，終有一日我也能見到陽光？他會給我回信嗎？會？不會？

頭頂傳來鳥兒拍翅膀的聲音，我立即跳起，小謙一個漂亮的俯衝，落在我平舉的胳膊上。我一時不敢去看小謙的腳，閉了會眼睛，才緩緩睜眼。不是我送出的絹條！一瞬間，心裡又是酸楚又是高興。

解下絹條，進屋趴在燈下細看，「山楂去核，山藥適量，命廚子將山楂和山藥蒸熟做成薄餅，若喜甜可滴數滴蜂蜜，每日適量食用。平日煮茶時，可加些許陳皮，既可消食又對喉嚨好。」

我裝作什麼都沒有發生過，他也裝作什麼都沒有發生過，繞了一個圈子，似乎又回到了原地。

我盯著絹條看了半晌，努力想看出這平淡得像是大夫開給病人的方子，其中可有些許感情的流露。一字字讀了一遍「若喜甜可滴數滴蜂蜜……既可消食又對喉嚨好」，心裡輕嘆口氣，隔了這麼久，他還記得我去年說的嗓子疼，也記得我說過討厭苦味，只是那絲有情，卻總是透著事不關己的疏離。

◈ ◈ ◈

仲春的陽光明亮，毫不吝嗇地傾注在鴛鴦藤上。光線落在顏色已深的老葉上，彷如魚入水，漣漪剛起蹤影已無，激不起任何變化。剛生出的新葉卻在陽光下變得薄如蟬翼、脈絡清晰。光與影，明與暗，老與新，和諧與不和諧，譜出半架藤纏蔓糾、葉綠枝繁。

「妳何時種了這麼一片藤蔓？」霍去病在我身後問。語氣輕快，好似我們沒有那一場夜色中的風露立通宵。

將近一個月未見，忽然聽到他的聲音，一時間我有些恍惚，心中透出幾分歡欣。身子不敢動，依舊看著鴛鴦藤，裝作什麼都沒有發生過地說：「你下次能否不要這麼不聲不響地站在我身後？」

他走到我身旁，伸手碰了下藤條，「連妳都不能察覺，看來本人武藝確實不錯。這叫什麼？開花嗎？」

「金銀花，不但開花而且很漂亮，夏天才開，現在還不到季節。」

他在我身旁靜靜站了會，忽地問：「妳想回西域嗎？」

他問題問得古怪，我想了一會才約略明白，「你要去西域？」

「是，只要皇上准許，不過應該八九不離十。」

「對了，我還忘了給你道喜，聽說你被皇上封為天子侍中了。」我邊想邊說。

他笑著自嘲道：「這有什麼喜可道？難道妳沒聽到別人說的話嗎？無知豎子，不過是靠著姨母、娘舅而已。」

我抿嘴而笑，「我沒有聽到，我只聽我願意聽的。你今年多大？」

霍去病眉毛一挑，似笑非笑地說：「妳問我年齡做什麼？本人年方十八，正當少年，相貌堂堂，尚未婚配。家中有田有地，丫頭僕婦也不少，嫁給我倒是個不錯的選擇。」

我瞪了他一眼，「年少就居高位，的確惹人嫉妒，何況你現在……」我吐吐舌頭，沒有再說。

霍去病冷哼一聲，「我會讓他們無話可說。」

我笑起來，今年春天漢武帝劉徹派遣衛青大將軍率軍與匈奴打了一戰，前兩日衛大將軍才勝利而歸。看來霍去病再無法忍受在長安城做一個清閒的王侯貴戚，也想學舅舅，搏擊於長空。

我道：「你上次不是已經把西域的地貌氣候都熟悉了一遍嗎？你的準備功夫做得很充足，何況軍中肯定有熟悉西域的人做探子和嚮導，我不見得能起什麼作用。」

他靜靜看了我一會，嘻嘻笑著向我拱拱手，「這麼多日，明裡暗裡都是鄙夷聲，除了皇上，終於又聽到一個讚我的。再熟悉西域的人，和妳一比都差了一截，匈奴常年遊蕩在西域，論對地勢的熟悉、氣候的適應，都是漢朝軍士難及。」

我望著鴛鴦藤架，「我目前不想回西域。」

他手扶著鴛鴦藤架，「那就算了。」

「有件事情想拜託你，如果大軍過樓蘭時，徵用當地人做嚮導，請善待他們。」

他若有所思地看了我一眼，「別人的事情我懶得管，在我手下的，只要他們不生異心，我不會刻薄他們。」

我向他屈身行了一禮，「多謝。」

「明日起我應該再沒時間來看妳。妳若有什麼事要找我，可以直接去我府上找陳管家。妳也認識他的，就是在西域時見過的陳叔，他自會派人告知我。」

我點了下頭，仰首看著他，「等你載勝而歸，得了皇上賞賜，可要請我在一品居大吃一頓。」

他神色驕矜，不屑地道：「妳現在就可以去訂酒席了，省得一些稀罕物他們到時備辦不齊全。」

我笑著搖頭，「好！明日我就去一品居。」

他也笑起來，笑聲中，大步向外行去，臨到門口忽地回身問：「我出征時，妳會來相送嗎？」

「我算什麼人？豈有地方給我站？」我笑著反問道。

他凝視著我未說話，我沉默了一會，「什麼時候出發？」

他微露了一絲笑意，「再過月餘。」

我笑說：「那我們一個月後見。」

他微頷下首，快步而去。春日明麗的陽光下，青松般的身影漸行漸遠。在他身後，一地燦爛的陽光熱熱鬧鬧地笑著。

鴛鴦藤翠綠的葉兒在微風中歡愉地輕顫，我微瞇雙眼看向湛藍的天空。人間三月天，樹正綠，花正紅，而我們正年少。

第十章

刺殺

馬車依舊輕快地跑在路上，
我的心裡卻如同壓了一塊巨石，沉甸甸的。
我和西域諸國的人從未打過交道，又何來恩怨？
目達朵不小心洩漏了我還活著的事情嗎？
我目前的平靜生活是否要改變了？

我敲敲院門：「九爺呢？」

小風正在擺棋，頭未抬地說：「在書房整理書冊。」我提步向書房行去，小風道：「書房不讓人進，連打掃都是九爺親自動手，妳坐著曬曬太陽，等一會吧！這裡有茶，自己招呼自己，我正忙著，就不招呼妳了。」

我伸手重敲了小風的頭一記，「你人沒長多大，大爺的架子倒是擺得十足。」小風揉著腦袋，氣惱地瞪向我。

我「哼」了一聲沒有理會他，自顧向書房行去。

我雖在竹館住過一段時間，可書房卻是第一次來。一間大得不正常的屋子，沒有任何間隔，寬敞得簡直可以跑馬車，大半個屋子都是一排排的書架，九爺正在架子前翻書冊。

我有意地放重腳步。聽到我的腳步聲，他側頭向我笑點下頭，示意我進去，「妳先坐一會，我馬上就好。」

我心中幾分欣喜，轉身朝著石風得意地做了個鬼臉。

我好奇地在一排排書架前細看，「這些書你都看過嗎？」

九爺的聲音隔著幾排書架傳來，不甚清晰，「大都翻過。」

《詩經》、《尚書》、《儀禮》、《周易》、《春秋》、《左傳》、《孝經》……這一架全是儒家的書籍，《詩經》好像翻閱的比較多，放在最容易拿取的地方。

《黃帝四經》、《皇極經世》、《道德經》、《老萊子》……這一排是黃老之學。老子的《道德經》，莊子的《逍遙遊》和《知北遊》顯然已經翻閱了很多遍，串竹簡的繩子都有些鬆動。

法家、兵家……這些我自幼背過大半，沒什麼興趣地匆匆掃了幾眼，轉到下一排。這一排比較奇怪，前半排只孤零零地放了一卷書，後半排卻堆滿了布帛卷。

我疑惑地拿起竹簡，是《墨子》，聽說這個有一部分很是艱澀，當日連阿爹都頭疼。翻閱了下，有些地方讀著還能懂，有些卻是詰屈聱牙，好像有提到工具的製作，做車軸、雲梯什麼的。又有講一種太陽的現象，什麼穿過小孔成倒像，什麼平面鏡、凹凸鏡成什麼像的，完全不知所云。

我搖搖頭放下，走到後半排拿起一卷帛書，是九爺的字跡，我愣了下，顧不上看內容，又拿了幾卷，全是九爺的字跡。

我探頭看向九爺，他仍在低頭擺弄書籍，我猶豫了下問：「這排的書我能翻看一下嗎？」

九爺回頭看向我，思量了一瞬，點點頭，「沒什麼看頭，只是我閒暇時的愛好。」

我撿了一卷，因為很長，沒時間細讀，只跳著看，「……公輸般創雲梯欲助楚攻宋，奈何遇墨翟。般與墨論計：般用雲梯攻，墨火箭燒雲梯；般用撞車撞城門，墨滾木擂石砸撞車；般用地道，墨煙熏……般九計俱用完，城仍安然。般心不服，欲殺墨，墨笑云『有徒三百在宋，各學一計守城』。楚王服，乃棄。余心恨之，公輸般，後世人尊其魯班，號匠藝之祖，卻為何徒有九計，不得使人盡窺墨之三百計。閒暇玩筆，一攻一守，殫精竭慮，不過一百餘策，心嘆服……」

隨後幾卷都細畫了各種攻城器械與防守器械，寫明相輔的攻城和守城之法。

我匆匆掃了一眼，擱好又拿了另外一卷，「……非攻……兼愛天下……厭戰爭……」大概是分析墨子厭惡戰爭和反對大國欺辱小國的論述，一方面主張大國不應倚仗國勢攻打小國，一方面主張小國應該積極備戰，加強國力，隨時準備對抗大國，讓大國不敢輕易動兵。

我沉思了好一會，方擱下手中書帛。又拿了幾卷翻看，全是圖樣，各種器具的製作流程，一步步極其詳細，有用於戰爭的複雜弩弓，有用於醫療的夾骨器具，也有簡單的夾層陶水壺，只是為了讓水在冬天保溫，甚至還有女子的首飾圖樣。

我撓了撓腦袋，擱了回去，有心想全翻一遍，可又更好奇後面的架子上還有什麼書，只得看以後有無機會再看。

這一架全是醫書，翻了一卷《扁鵲內經》，雖然九爺在竹簡上都有詳細的注釋心得，但我實在看不懂，又沒有多大的興趣，所以直接走到盡頭處隨手拿了一卷打開看。

《天下至道談》，一旁也有九爺的注釋，我臉一下變得滾燙，「砰」的一聲把竹簡扔回架上。九爺聽到聲響扭頭看向我，我嚇得一步跳到另一排書架前，拿起一卷竹冊，裝模作樣地看著，心依舊「咚咚」狂跳。

九爺也看這些書？不過這些書雖然是御女之術，可講的也是醫理，很多更偏重論述房事和受精懷孕的關係。我心中胡亂琢磨著，低著頭半晌沒有動。

「妳看得懂這些書？」九爺推著輪椅到我身側，微有詫異地問。

我心一慌，急急回答：「我只看了幾眼，已經都被我忘掉了。」

九爺滿臉困惑地看著我，我反應過來，他指的是我手中現在捧著的竹簡，而不是……我懊惱地想暈倒，天下竟然有心虛至此的人。趕忙掃視了幾眼竹簡，不能置信地瞪大眼睛，全是小蝌蚪般的文字，扭來扭去，一個字不認識。

我不甘心地再看一眼，仍舊一個字都不認識。天哪！這樣的書我竟然盯著看了半天，此刻我已經不是懊惱地想暈倒，而是想找塊豆腐撞了。

我低著頭，訥訥地說：「嗯……嗯……其實我是看不懂的，但是我……我很好奇，所以……所以還是認真地看。這個……這個我只是研究……研究自己為什麼看不懂。」

九爺眨了眨眼睛，貌似好奇地問：「那妳研究出什麼了？」

「研究出什麼？嗯……我研究的結果是……嗯……原來我看不懂這些字。」

九爺的嘴角似乎有些微不可見的抽動，我心中哀叫一聲，天呀！我究竟在說什麼？我低下頭，盯著自己的腳尖，多說多錯，還是閉嘴吧！

屋子內安靜得尷尬，我沮喪地想著，一塊豆腐恐怕不夠撞，要多買幾塊。

九爺忽地靠在輪椅上大笑起來，歡快的聲音在屋中隱隱有回音，一時間滿屋子似乎都是快樂的。我頭埋得越發低，羞赧中竟透出一絲甜，從沒聽過他大笑的聲音，只要他能經常如此笑，我寧願天天撞豆腐。

他掏出絹帕遞給我，「隨口一問而已，妳竟然緊張得滿臉通紅，急出汗來，哪裡像聞名長安城的歌舞坊坊主？」

我訕訕地將竹冊擱回架上，接過絹帕擦去額頭和鼻尖的小汗珠。

我的目光從架上的書冊掃過，「這些都不是漢字嗎？」九爺微一頷首，我轉開視線笑著說：「我剛才看到你繪製的首飾圖樣，很漂亮呢！」

九爺眼光從書簡上收回，凝視著我問道：「妳為什麼不問這些書是什麼？」

我沉默了一瞬，輕嘆一聲，「你也從沒問過我為什麼會和狼生活在一起，為什麼生長在西域，卻講得一口流利的漢語，反倒西域各國的話一句不會。每個人心中都有些事情在沒有合適的心情、合適的人時，絕不想提起。如果有一天你願意告訴我，我會坐在你身旁靜靜傾聽，若不願意說，我也不想探詢。有一個人曾對我說，他只認識他眼中的我，我想我也是如此，我只認識我心中的你。」

九爺靜靜坐了一會，推著輪椅從書架間出去，背對著我道：「很多事情究竟該如何做，我自己一直在猶豫不定，所以也無從談起。」

我的聲音輕輕，語氣卻很堅定，「不管你怎麼做，我一定站在你這邊。」

他推輪椅的手一頓，又繼續轉動輪椅，「找我什麼事？」

我道：「沒什麼特別事情，就是正好有空，所以來看看爺爺、小風和……你。」出書房前忽然瞟到牆角處靠著一根做工精緻的拐杖。是九爺用的嗎？可我從來沒有見過他用拐杖。

剛出書房，不知道觸動了哪裡的機關，門立即自動關上。我伸手輕推了下，紋絲不動。以前我以為竹館內所有機關都是他為了起居方便特意請人設置，如今才明白全都是他的手筆。

他道：「一會我要出去一趟。」

我忙說：「那我不打攪你，我回去了。」

他叫住我，想了一瞬，淡淡地說：「我去城外的農莊見幾個客人，妳若有時間，也可以去莊子裡玩玩，嚐一嚐剛從樹上摘下的新鮮瓜果。」我壓抑著心中的喜悅，點點頭。

石伯手中握著一根黑得發亮的馬鞭，坐在車椽上打盹，往日替九爺駕車的秦力卻不在。九爺還未說話，石伯已回道：「秦力有些事情不能來。」

九爺微點下頭，「找別的車夫來駕車就行，不必您親自駕車。」石伯笑著挑起車簾，「好久沒動彈，全當活動筋骨。」

石伯問：「是先送玉兒回落玉坊嗎？」

「和我一塊去山莊。」九爺道。

石伯遲疑了下，似乎想說什麼，最後卻只是沉默地一甩馬鞭，驅車上路。出了城門，馬車越駛越快。我趴在視窗，看著路邊快速退後的綠樹野花，心情比這夏日的天空更明媚。

九爺也微含笑意，目光柔和地看著窗外，兩人雖然一句話未說，可我覺得我們都在享受著吹面的風、美麗的風景和彼此的好心情。

石伯低低說了聲：「急轉彎，九爺當心。」說著馬車已經急急轉進林子中，又立即放慢速度，緩緩停下。

石伯的駕車技術絕對一流，整個過程馬兒未發出一點聲響。我困惑地看向九爺，手卻沒有遲疑，立即握住繫在腰間的金珠絹帶。

九爺沉靜地坐著，微微笑著搖了下頭，示意我別輕舉妄動。在林子中靜靜等了一會，兩騎忽從路旁匆匆轉入林中，騎馬者看見我們，好像從未留意，從我們馬車旁急急掠過。

「裝得倒還像！」石伯一揮馬鞭，快若閃電，劈啪兩聲已打斷了馬兒的腿骨，兩匹馬慘嘶著倒在地上。馬上的人忙躍起，揮刀去擋漫天的鞭影，卻終究技不如人，兩人的刀齊齊落地。虯髯漢子微哼一聲，石伯的馬鞭貫穿他的手掌，竟將他釘在樹上。

我一驚，又立即反應過來，石伯的馬鞭應該另有玄機，絕非普通的馬鞭。

另一個青衣漢子呆呆盯了會石伯手中的鞭子，神色驚詫地看向石伯，忽地跪在石伯面前嘰嘰咕咕地說起話來。被釘在樹上的虯髯漢子本來臉帶恨意，聽到同伴的話，恨意立即消失，也帶了幾分驚異。

石伯收回長鞭，喝問跪在地上的青衣漢子。兩人一問一答，我一句也聽不懂。九爺聽了會，嘴邊原本的笑意忽地消失，詫異地看了我一眼，吩咐道：「用漢語把剛才的話再說一遍。」

青衣漢子忙回道：「我們並非跟蹤石府的馬車，也不是想對石府不利，而是受雇清查落玉坊坊主在長安城的日常行蹤，伺機暗殺她。」他說著又向石伯連連磕頭，「我們實在不知道老爺子是石舫的人，也不知道這位姑娘和石舫交情好。若知道，就是給我們一整座鳴沙山的金子，我們也不敢接這筆買賣。」

彷若晴天裡一個霹靂，太過意外，打得我頭暈，發了好一會的懵才問道：「誰雇你們的？」

青衣人聞言只是磕頭，「買賣可以不做，但規矩我們不敢壞。姑娘若還是怪罪，我們只能用人頭謝罪。」

石伯揮著馬鞭替馬兒趕蚊蠅，漫不經心地說：「他們這一行不管任何情況都不能說出雇主的來歷，其實就是說了，也不見得是真的。既然請人暗殺，自然是暗地裡的勾當。」

我苦笑道：「也是，那放他們走吧！」

石伯看向兩人沒有說話，兩人立即道：「今日所見所聞，我們一字不會洩漏。」

石伯顯然還是想殺了他們，握著馬鞭的手剛要動，九爺道：「石伯，讓他們走。」聲音徐緩溫和，卻有讓人無法抗拒的威嚴，石伯凌厲的殺氣緩緩斂去。

石伯看著九爺，輕嘆一聲，冷著臉揮揮手。兩人滿臉感激，連連磕頭，「我們回去後，一定妥善處理此事。老爺子，以羅布淖爾湖起誓，絕不敢洩漏您的行蹤。」

我有些驚訝，對戈壁沙漠中穿行的游牧人而言，這可比天打雷劈不得好死的誓言要沉重得多。

兩人撿起刀，匆匆離去。那個手掌被刺穿，一直沒有說過話的漢子，一面走一面回頭看，忽地似明白了什麼，大步跑回來撲通一聲跪在馬車前。

剛才生死一線間都沒有亂了分寸的人，此時卻滿臉悔痛，眼中含淚，聲音哽咽著說：「小的不知道這位姑娘是公子的人，竟然恩將仇報想殺了她，真正豬狗不如。」說著揮刀砍向自己的胳膊。

一枝袖箭從車中飛出擊偏了刀，他的同伴趕著握住他的手，又是困惑又是驚疑地看向我們。

九爺把小弩弓收回袖中，淺笑著說：「你只怕認錯人了，我沒有給過你什麼恩，你們趕緊回西域吧！」

剛才的一幕我全未上心，心裡只默默誦著「這位姑娘是公子的人」，看向車下的兩人，竟覺得二人長得十分順眼。

虯髯大漢泣道：「能讓老爺子駕車，又能從老爺子鞭下救人的人，天下間除了公子還能有誰？我一家老小全得公子接濟，才僥倖存活。我娘日夜向雪山磕頭，祈求您平安康健，我卻糊裡糊塗幹了這沒良心的事情。」

他身邊的漢子聞言似也明白九爺的身分，神色驟變，竟也立即跪在一旁，一言不發地重重磕頭，沒幾下已血流了出來。

九爺唇邊雖還帶著笑意，神情卻很是無奈，石伯眼神越來越冷厲。

我叫道：「喂！你們兩個人好沒道理，覺得愧疚就去補過，哪裡能在這裡要死要活的？難道讓我們看到兩具屍體，你們就心安了？我們還有事情，別擋路。」

兩人遲疑了一會，縮手縮腳地站起讓開道路。

我笑道：「這還差不多，不過真對不住，你們認錯人了。我家公子就長安城的一個生意人，和西域沒什麼關係，剛才那幾個頭只能白受了，還有……」我雖笑著，語氣卻森冷起來，「都立即回西域。」

兩人呆了一瞬，恭敬地說：「我們的確認錯了，我們現在就回西域。」石伯看看我，又看看九爺，一言不發地策馬而行。

馬車依舊輕快地跑在路上，我的心裡卻如同壓了一塊巨石，沉甸甸的。

我和西域諸國的人從未打過交道，又何來恩怨？目達朵不小心洩漏了我還活著的事情嗎？我目前的平靜生活是否要改變了？

九爺溫和地問：「能猜到是誰雇傭的人嗎？」

我點點頭，又搖搖頭，「不知道。我一直在狼群中生活，應該只和一個人有怨。他們從西北邊來倒也符合，那邊目前絕大部分還在他的勢力範圍內，可那個人為何要特意雇人來殺我呢？他可以直接派手下高手來殺我。還是因為在長安，他有所顧忌，所以只能讓西域人出面？」

「既然一時想不清，就不要再傷神。」

我頭伏在膝蓋上，默默思量。他問：「玉兒，妳怕嗎？」

我搖搖頭，「這兩個人功夫很好，我不見得打得過他們，可他們肯定殺不了我，反倒我能殺了他們。」

石伯在車外喝了聲采，「殺人的功夫，本就和打架的功夫是兩回事。九爺，雇主既是暗殺，肯定要嘛怕玉兒知道他是誰，要嘛就是沒機會直接找上玉兒。只要所有西域人都不接他的生意，他也只能先死心。這事交給我，你們該看花的看花，該賞樹的賞樹，別瞎操心。」

九爺笑道：「知道有你這老祖宗在，那幫西域的猴子猴孫鬧不起來。」又對我說：「他們雖說有規矩，但世上沒有天衣無縫的事情，要我幫妳查出來嗎？」

現在的我可不是小時候只能逃跑的我了。我一振精神，笑嘻嘻地說：「不用，如果是別人，這些花招我還不放在心上；如果真是那個人，更沒什麼好查，也查不出什麼來。他若相逼，我也絕對不會怕他。」

九爺點頭而笑，石伯呵呵笑起來，「這就對了，狼群裡的丫頭還能沒這幾分膽識？」

◈ ◈ ◈

九爺的山莊還真如他所說的就是座農莊，大片的果園和菜田，房子也是簡單的青磚黑瓦房，方方正正地分布在果園菜田間，說不上好看，卻實在的一如腳下的黑土。

剛上馬車時，石伯的神色讓我明白這些客人只怕不太方便讓我見，所以一下馬車就主動說要跟莊裡農婦去田間玩耍。

九爺神情淡淡，只叮囑了農婦幾句，石伯卻笑著向我點點頭。

雖然途中發生的事情讓我心裡有些愁煩，可燦爛得已經有些曬的陽光、綠得要滴油的菜地，以及田間辛勤勞作的農人，讓我的心慢慢踏實下來。

我的生活我自己掌控，不管是誰，都休想奪走屬於我的生活。

眼睛掃到石伯的身影，忙對一旁的農婦道：「大嬸，太陽真是曬呢！幫我尋個草帽吧！」大嬸立即笑道：「竟給忘了。妳等等，我這就去找。」她一走，我立即快步去追石伯，「石伯，你不等九爺嗎？」

石伯回頭盯著我一言不發，我道：「放過他們，你瞞不過九爺的。」

他冷著聲說：「我這是為他好，老太爺若在，肯定也支持我這麼做。」

「如果你做的事情讓他不開心，這就不是為他好，只是你自以為是的好罷了！況且你現在的主人是九爺，不是以前的老太爺。」

石伯有些動怒，「妳是在狼群中長大的嗎？這麼心慈手軟？」

我笑起來，「要不要我們性命相搏一番，看誰殺得了誰？石伯，九爺不喜歡莫名的殺戮，如果你真的愛護他，不要讓他因為你沾染上鮮血。你可以坦然，可他若知道了，卻會難受。每個人處理事情的手段不一樣，既然九爺願意這樣做，他肯定已經考慮過一切後果。」

大嬸已經拿著草帽回來，「我要去地裡玩了，石伯還是等我們一塊走吧！」我向他行了一禮，奔跳著跑回田間。

「這是什麼？」「黃豆。」「那個呢？」「綠豆。」……「這是胡瓜，我認識！」終於有一樣我認得的東西了，我指著地裡的一片藤架興沖沖地說道。

一旁的大嬸強忍著笑說：「是黃瓜，正是最嫩的時候。」我躥進地裡，隨手摘了一個，在袖邊蹭了蹭就大咬一口，真的比園子裡買來的好吃呢！

我挽著籃子，在藤架下鑽來鑽去，揀大一點的胡瓜摘，一抬頭卻意外看見九爺正在地邊含笑看著我。隔著碧綠的胡瓜藤葉，我笑著招了招手，向他跑去，順手又摘了兩個胡瓜，「你怎麼來了？你的客人走了嗎？」

他點點頭，笑著把我從頭到腳打量了一番，指指我頭上的草帽和胳膊上挽著的籃子，「把衣服再換一下，活脫脫的一個農家女了。」

我把籃子拿給他看，「這是我摘的豆角，這是胡瓜，還有韭菜。」

他笑道：「我們在這裡吃過晚飯再回去，就吃妳摘的這些菜。」我喜出望外地跳著拍了拍掌。

我和九爺沿著田邊慢步而行，日頭已經西斜，田野間浮起濛濛暮靄。

裊裊炊煙依依而上，時有幾聲狗叫雞鳴。荷鋤而歸的農人從我們身邊經過時，雖有疲憊之色，神態卻安詳滿足，腳步輕快地趕著回家。

我腦子裡忽然滑過「男耕女織」四字，不一定真的男要耕，女要織，其實只要能如他們一樣，彼此相守、和樂安寧。

偷眼看向九爺，沒想到他也正在看我，兩人的眼神驀然相對，彼此一怔，他的臉竟然有些微紅，視線匆匆飄開。

我第一次看見他臉紅，不禁琢磨著他剛才心裡在想什麼，直直盯著他，看了又看。九爺輪椅越推越快，忽地側頭板著臉問：「妳在看什麼？」

我心中仍在思量，嘻嘻笑著隨口說：「看你呀！」

「妳……」他似乎沒有料到我竟然如此「厚顏無恥」，一個字吐出口，被我噎得再難成言。我看到他的神色，明白自己言語造次了，心中十分懊惱。我今日怎麼了？怎麼頻頻製造口禍？想道歉又不知道該從何道歉，只能默默走著。九爺忽地笑著搖頭，「妳的確是在西域長大的。」

我放下心來，也笑著說：「現在已經好多了，以前說起話來才真是一點顧忌也沒有。」

◈　◈　◈

自從城外的農莊回來，我心中一直在琢磨，卻總覺思緒零亂，難有齊整。

我找出預先備好的絹帕，邊想邊寫道：「一，儒家那一套學說，你顯然並不上心，只是《詩經》翻得勤。既如此，應該不贊同皇權逐漸的高度集中，也不會認同什麼天子受命於天、為人子民除了忠還應忠的胡說八道。二，你顯然極喜歡老子和莊子。黃老之學，我只聽阿爹斷斷續續講過一些，並沒真正讀過，但也約略知道一二。如果你喜歡老莊，那現在的一切對你而言豈不都是痛苦？三，你最崇敬的是墨子，墨子終其一生為平民百姓奔走，努力說服各國君主放棄戰爭，幫助小國建造城池兵器對抗大國。你心中的大國是漢朝嗎？小國是西域各國嗎？你願意選擇做墨子嗎？可那樣不是與老子和莊子有些背道而馳？」我輕嘆一聲，在硯臺邊輕順著筆。

是我理解矛盾，還是他心內充滿矛盾？我不關心他的身世如何，又究竟是什麼身分，我只想明白他的心意如何。

收好絹帕，匆匆去找了紅姑，「妳幫我請個先生，要精通黃老之學和墨家，懂諸子百家的。」

紅姑驚疑道：「難道還要園子裡的姑娘學這些？認識字，會背幾首《詩經》已足夠了。」

我笑道：「不是她們學，是我想聽聽。」

紅姑笑應，「行！派人打聽了去請。妳再學下去，可以開館授徒了。」

◈ ◈ ◈

因為不管出多少錢，先生都堅決不肯到園子中上課，「山不就我，我去就山。」所以我只好到先生那裡聽課。今日聽完莊子的《逍遙遊》，心中頗多感觸，下了馬車依舊邊走邊琢磨。

人剛進院子，紅姑突然從屋裡衝了出來，興沖沖地說：「猜猜有什麼好事？」

我故意吃驚地看著紅姑，「難道紅姑有了意中人，想出嫁？」

紅姑伸手來抓我，「妳這張刁嘴！」

我閃身避過，道：「誰讓妳不肯痛痛快快地說？」

見抓不到我，紅姑無奈地瞪了我一眼，「公主派了人來，賞賜了很多東西。妳不在，我就代收了。不過妳最好明日去給公主謝恩，聽來人說，李……李姑娘已經被賜封為夫人，今日的金銀玉器是公主賞的，只怕過幾日李夫人會派宮中人再來打賞。」

我笑而不語，紅姑笑道：「難怪人人都想做皇親國戚，妳看看公主歷次賞妳的那些東西，不是有錢就能買到的。」

她朝院外看了眼，低聲道：「李妍也真是爭氣，去年秋天入的宮，這才剛到夏天就位居夫人，僅次於衛皇后。」

我腦子裡似乎有些事情，不禁側頭細思。看到鴛鴦藤架上，嫩白的小小花骨朵，猛然一拍額頭，「這段時間光忙著老子、莊子、大鵬蝴蝶了，皇上可有派大軍出發？」

紅姑愣愣問：「什麼？」

我放下心來，「看來沒有了。照老規矩辦，公主賞賜的東西妳仔細一一記錄。能用的，實在喜歡的留下，不適合我們用的就想辦法出售，那些個東西沒有金銀實惠，慢慢賣能賣出好價錢，如果將來一時著急倉促脫手就只能賤賣了。李夫人知道我喜歡什麼，不會給我找這個麻煩的，肯定是真金白銀。」

紅姑頻頻點頭，樂呵呵地說：「我們都是紅塵俗人，那些東西看著是富麗堂皇，可還是沒有金銀壓箱底來得實在。」

第十一章 送帕

我現在正趴在窗上和你說話，你在幹什麼？
我猜你一定在燈下靜靜看書。
我一抬頭就可以看見天上不停眨眼睛的星星，
窗外的鴛鴦藤花開的正好，
白的皎如玉，黃的燦如金，香氣清靜悠長⋯
我已經摘了很多花放在竹籬裡曬著，
這樣等到夏天過去，花兒謝時，
我仍然可以撚幾朵乾花，熱水一沖就能看到水中鴛鴦共舞⋯⋯

朔方是秦始皇設立的一個郡，位於黃河河南。秦朝覆滅，群雄逐鹿中原時，被匈奴乘機奪取。匈奴在朔方的前鋒勢力，距離長安城最近的只有七百里，輕裝騎兵一日一夜就可以跑完全程。匈奴每次在朔方發動侵略，長安城就要戒嚴。

武帝登基後，立志要除去匈奴這個心腹之患。元朔二年，衛青大將軍由雲中出塞，率軍西行，

一面切斷河南匈奴的後路，一面包抄攻擊，將以白羊王、樓煩王為首，陷於困境的河南匈奴勢力驅逐出去，一舉收復河南。

劉徹立即下令移民十萬到河南地區，加築朔方城，但匈奴不甘丟掉具有重要戰略地位的河南地區，遂頻頻出兵攻擊朔方城。

劉徹為了保衛河南地區，鞏固朔方城，於元朔六年下詔令衛青為大將軍，以合騎侯公孫敖為中將軍，太僕公孫賀為左將軍，翕侯趙信為前將軍，衛尉蘇建為右將軍，郎中令李廣為後將軍，左內史李沮為強弩將軍。

衛青大將軍統率六軍，從定襄出發攻打匈奴。十八歲的霍去病被任命為驃姚校尉，統領八百名年紀相當的羽林男兒，隨著舅父衛青和姨父公孫賀出征。

我坐在大樹的頂端，遙遙望著大路。碎金般的陽光下，鐵甲和槍頭反射著點點銀光，晃得人眼睛都要瞇起。

霍去病身著黑色鎧甲，正策馬疾馳。相較廣袖寬袍、一身戎裝的他，少了幾分隨意倜儻，多了幾分驍勇颯爽，真正英氣逼人。

一月未見，他的皮膚變得幾近古銅色，看來是日日在陽光下曬著。隔著老遠，卻仍舊能感到他內心緊繃著的肅殺之氣。我忽然覺得他很像我的同類，如同狼群中初露鋒芒的狼兄。當年狼兄每有重大的攻擊前，不動聲色下也是凝結著一股一往無前、絕不回頭的氣勢。

他不時眼光掃向路旁，我站直身子，立在一根探出的樹枝上盯著他。他終於迎上我的視線，我笑著向他揮了下手，伸手遙指著長安城中一品居的方向。他在馬上端坐未動，馬速絲毫不慢，冷凝的神色也未見任何變化，兩人視線相碰之際，他的馬已衝過我所在的樹旁。我扭頭目送著他的身影，在煙塵中迅速遠去。

❖ ❖ ❖

人剛進城門，就碰上了正要出城的石慎行和石風。石風從馬車裡探出腦袋朝我大喊了幾聲「玉姐姐」，叫住了我。

我對慎行道：「石二哥，你這個徒弟怎麼半點沒有你的風範？」

慎行微露一絲笑意，看著石風，沒有回答我的話。石風哼了一聲，「九爺都說了，人貴在真性情。喜歡說話的人就說，不喜歡說話的人就不說，幹嘛喜歡說還非要逼自己不說？想當年我可是靠著一張嘴吃遍四方，我……」

我樂道：「你叫住我究竟什麼事？難道還要和我在這裡講古？」

石風瞪了我一眼，「九爺好像派人去找妳呢！」我聽完，笑著說了聲「多謝」，轉身就走。

竹館內日暖風清，翠竹依依，九爺穿了一件水藍袍子正在餵鴿。我剛走進院子，地上的鴿子紛紛騰空而起，撲搧的白色間，驚破的光影間，我卻只看到那一抹柔和的藍。

他招呼我坐，我笑問：「找我什麼事情？」他斟了杯茶給我，沉吟著沒有說話。我收了笑意，輕聲說：「你對我說話，不必有任何顧忌。」

他看向我道：「只是有些難以解釋，我想問妳借一筆錢，數額不小。按常理，我應該告訴妳錢財用途，讓妳考慮是否願意出借，但我不能告訴妳錢的去向。如果生意順利，石舫明年應該可以歸還。」

我笑道：「沒有問題，那麼大個石舫放在那裡，難道我還會怕？你要多少錢？」

他用手蘸了點茶水，在桌上寫了個數字，我倒抽一口冷氣，抬頭看向他。他看著我的表情，忽地搖頭笑起來，「不要怕，我已經有了一半多，剩下的妳能出多少就多少，不要勉強。」

我皺了皺鼻子，「誰怕了？只是我需要點時間，剩下的我應該都能出。」

九爺微有些吃驚，打趣道：「妳不會是又問妳園子裡的姑娘們借吧？」

我半笑半嗔，「你怎麼如此看不起人？如今長安城中一半的歌舞坊都在我名下，哪個生意不是好得讓其他歌舞坊嫉妒？雖然今年開春以來歌舞坊的生意不如去年，但落玉坊因為出了個宮廷樂師和一個傾城美人，受的波及並不大，一般人連門檻都休想進來，外面現在也只有一個天香坊生意還不錯。」

九爺笑道：「妳的生意是好，可妳前面花得錢也不少，這些帳我心裡還有數。如果再遲兩年，妳能周轉出這筆錢一點不奇怪，可如今總是有些蹊蹺。」

我哼道：「現在不告訴你，回頭錢給你送過來，你就沒話說了。」

晚上回到落玉坊，用過飯後，我和紅姑兩人在燈下仔細對了一遍帳，發覺從裡掃到外，再從外掃到裡，一個銅板都不漏，能挪出來的錢不過三分之一。

我鬱悶地敲著竹簡，「真是錢到用時方恨少！早知道平時就該再貪心一些。」

紅姑一面揉眉頭一面道：「這還叫少？究竟什麼才算多？妳要那麼多錢做什麼？」

我嘻嘻笑道：「做生意，成功之前先不告訴妳。嗯……那個公主歷次賞賜的財物帳在哪裡？」

紅姑抽了一卷竹簡給我，「我就知道妳該打它們的主意了。」

我一面低頭細看，一面嘀咕：「說著李夫人要賞賜我，怎麼還不見人？這丫頭用了我們那麼多上好珍珠和各種補品，也不趕緊惦記著連本帶利還我，我看我應該找李大樂師攀談攀談。」

紅姑展了個懶腰，掩嘴打呵欠，「小財迷，妳慢慢數吧！我明日一大早還要去其他園子轉一圈，沒精神陪妳鬧騰。」她說完就要走，我趕緊一把抓住她：「別急，我給妳立完字據，妳再走。」

「字據？立什麼字據？」紅姑問。

我低頭找絹帛，「我挪用這些錢的字據呀！」

紅姑笑罵，「妳數錢數糊塗了吧？這些錢本就是妳的。妳要用，給我立什麼字據？」

我拖著她坐下，「這些錢一半是我的，一半是妳的。」

紅姑愣愣看了我半晌，最後才道：「妳平日已經給了我不少錢銀，有什麼好玩、好用的也都是讓我先挑。」

我搖頭：「園子的日常瑣事，我幾時操過心？平日從早忙到黑，哪個姑娘鬧了小脾氣，哪些姑娘彼此爭風頭，暗自鬥心機，都是妳在管。我很少到別的園子去，可哪裡有任何風吹草動我卻都一清二楚，這又是誰的功勞？公主賞賜的東西，是因為李夫人。可送李夫人進宮，妳花的精神其實比我多。所以這些錢財，我們一人一半，絕對公平。」

紅姑喃喃道：「那些個活，妳找個伶俐的人都能幹。」

我笑起來，「妳幾時學會謙虛了？找個伶俐人就能幹？我物色了那麼久，想找個人分擔一些妳的辛苦，卻根本沒有合適的。如今只能學石舫，讓聰明好學的小丫頭跟在妳身邊進進出出，看過個三、四年，能不能調教幾個能幹的出來。」

我一面提筆開始寫，一面道：「妳不要再推辭，否則我以後心難安，再說我們之間何必那麼矯情地推讓？」

紅姑靜靜坐了一會，笑起來，「我瞌睡糊塗了，錢到了門前竟然往外推！快點寫，寫完了我仔細收好，也可以放心睡大覺了。」

我笑著把絹帛遞給紅姑，紅姑隨手疊好收進懷中，風擺楊柳地出了門。

點完銀錢後，我看著燈火默默想了會，抽出一條絹帕提筆就寫：「今天你問我借錢，我很開心。石舫想借錢，在長安城中實在不難，可你找了我，至少你是相信我的。石舫的生意，除了玉石和藥材之外都在收縮，雖然外面最近新開了玉石場，可沒有任何地方需要用這麼大一筆錢。錢雖多，但以石舫數十年的經營，怎麼會拿不出來？石舫以前的錢都到哪裡去了？你要如何用這筆錢？聽聞西域下了一場百年難遇的冰雹，農田和草場毀了十之六七，又砸死了不少出生未久的小牲畜，再加上漢朝和匈奴打仗，兵禍動盪中已經有不少人餓死，你是同情西域諸國的人嗎？如果是真的，我願傾我所有，竭盡我所能助你一臂之力……」

我嘴裡咬著毛筆桿，默默出神。一切的跡象都顯示我先前的猜測似乎正確，九爺和李妍的目的一致：李妍想盡力攔住大漢西擴的步伐，而九爺似乎希望西域諸國得保平安。我對李妍的順水人情看來沒有做錯。

◈　◈　◈

雕梁畫棟，朱廊玉橋，紅渠綠柳，一切都美如畫。一個年輕的女子正倚在綺窗前逗鸚鵡，一屋寂寥。她逗著鸚鵡，鸚鵡逗著她，都是在籠子裡，所以相依作伴。

這重重的宮闕、密密的珠簾下，鎖著多少女人的韶華和眼淚，甚至鮮血？和漢朝的妃子們比起來，匈奴的王妃似乎還算幸福，至少寂寞時可以策馬奔跑於藍天白雲下。而這裡的女人卻只能在一方院牆裡靜坐。

平陽公主望了眼我看的方向，淡淡道：「能有鸚鵡逗的女子不算差，妳以前雖然行事……但妳的確聰明，運氣也比她們好。」

我趕忙收回眼光，專心走路，「公主謬讚，民女實不敢當。」心中卻在琢磨公主那未出口的半句話。

臨進門的剎那，平陽公主側頭又看向我。我一點頭，表示一切都會留心。李妍端坐於榻上，見到公主笑著站起，兩人彼此謙讓一番後各自落座。

李妍看向仍立在簾子外的我，對侍女輕抬了下手，侍女打起珠簾命我覲見。我低著頭小步上前，仔細地行了跪拜大禮。李妍淡然地點下頭，命我起身，又吩咐侍女都退下，讓她和公主清靜地說話。

公主與李妍笑著聊了會，對李妍道：「我還要去見皇后，走時會打發人來接金玉。」

李妍忙起身相送，「有勞阿姊費心。」

公主一走，李妍招手讓我坐到她的下首，低聲問：「妳為何非要親自見我？嫌我給的銀子不夠多？」

我笑著欠了下身子，「銀子多多益善，永遠不會嫌多，當然只會嫌不多。」

李妍伸手點了點我的額頭，笑著搖頭不語。我仔細打量著她，雖然寵冠後宮，可她的穿著仍然簡約雅淡，衣服上連刺繡都少有，不過質地手工都是最好的，所以貴從素中出，倒是別有一番味道。也許是已經嫁作人婦，她的容貌清麗中多了幾分嬌媚，只是身形依舊單薄。雖說這樣更讓她多了一分楚楚動人、惹人憐愛的風致，可……

李妍看我一直盯著她看，臉忽地紅起來，「妳想看出些什麼？」

我一下笑出來，「我本來沒想看什麼，妳這麼一提醒，我倒是想看些什麼出來了。」李妍伸手刮著自己的臉頰道：「妳肯定偷看那些書了，真是不知羞，不知羞！」

她的眼波流轉，似喜似羞，櫻脣微噘，半帶惱，半帶嬌，真正千種風情。我呆看了她一瞬，點頭嘆道：「好一個傾國傾城的佳人，皇上真是得了寶，有了妳，只怕再煩心也能笑出來。」

李妍神色一滯，又立即恢復正常，笑著問：「妳有什麼要緊事？」

我笑著從懷中抽出一條絹帕遞給她，李妍接過看了一眼道：「什麼意思？這個『李』字是我以前一時好玩，隨手繡到了絹帕上，但絹帕後來不見了。該不會是妳拿去，現在想訛我銀子，又特意賠我一條新的吧？」

「舊的絹帕被我燒了，早知道如今還要特意找人繡新的，我就應該留著。」李妍靜靜看著我，等我繼續下文，我心頭有一絲猶豫，又立即拋開，輕聲道：「舊帕子被李三公子撿去了，他想依帕尋人，我覺得多一事不如少一事，索性就把帕子燒了。」

「李敢？」

我反問：「長安城裡還有誰敢再自稱李三公子？」

「既然已經燒了，為何現在又拿來？」

我無所謂地說：「妳依舊可以把它燒掉。」

李妍深深看了我一眼，不動聲色地把絹帕疊好收起。兩人沉默著坐了一會，她忽地說：「妳可知道春天時西域下了一場大冰雹？」

我點了下頭：「略聞一二，長安城內忽然湧入不少西域舞孃，為了活下去，長安城裡看一場名歌舞伎演出的錢，居然可以買她們的處子身。」

李妍嘴角噙著絲嫵媚的笑，聲音卻冷如冰，「各個歌舞坊的價格勢必也要降下來，然後就是一降再降，亂世人命賤如狗！一場天災還能受得住，可兵禍更勝天災，雖有『阿布旦』，她們卻只能淪為『阿布達勒』。」

「事情並未如妳所料，我名下的歌舞坊都不許降價，其他的歌舞坊還沒有那個能力影響行市。」

李妍看著我點點頭，「妳為她們留了一條活路。」

我淺淺而笑，「降價也不見得就能多賺，如今降下去簡單，將來想抬上來可不容易，何必費那個功夫？」

李妍笑起來，「妳這個人脾氣真是古怪，人家都巴不得被人誇被人讚，妳倒好，做什麼事情都把自己撇得一乾二淨，唯恐人家把妳當好人。」

我淡漠地說：「我和妳不一樣，我雖在西域長大，可對西域沒什麼感情，也沒有什麼要幫助西域的心思，我所做的一切只是為了歌舞坊的生意。」

李妍輕嘆一聲，「我雖然很希望妳能和我一樣，但這些事情強求不了。只要妳不反對我所做的一切，我就很開心。大掌櫃，最近生意如何？」

我笑向她做了一禮，「托娘娘洪福，小人的生意做得不錯。」

「我哥哥可好？」李妍臉上的笑意有些黯淡。

「妳應該能偶爾見到李樂師的吧？」

「見是能見到，皇上常召大哥奏琴，我有時也會隨琴起舞，但沒什麼機會說話，而且我也有些怕和大哥說話。」

我從桌上取了塊小點心丟進嘴裡，「妳二哥現在和長安城那幫公子哥混得很熟，他本來想搬出園子，但李樂師沒有同意。」

李妍滿臉無奈，「二哥自小很得母親寵愛，行事頗有些不知天高地厚，如今日日跟那些紈褲子弟在一起，被人刻意哄著、巴結著，遲早要鬧出事情來。大哥性格太溫和，對我們又一向百依百順，他的話二哥肯定是面上聽，心裡卻不怕，我看二哥對妳倒是有幾分忌憚，妳回頭幫我說說他。」

我皺了皺眉頭，無奈地說：「娘娘發話，只能聽著了。」

李妍嗔道：「妳別做這副樣子給我看，二哥真鬧出什麼事情，對妳也不好。」我只能頻頻點頭，李妍又道：「還有我大哥和方茹……」

我從坐榻上跳起，「李娘娘，妳是打算雇我做妳兩個哥哥的女吏嗎？這也要我管，那也要我管，估計公主該出宮了，我走了。」說完不敢再聽她囉嗦，急急往外行去。

李妍在身後罵道：「臭金玉！就是看在大哥為妳的歌舞坊排了那麼多歌舞，妳也應該操點心。」

我頭剛探出屋子，又幾步跳回去。

李妍立即站起來，我露了個和哭一樣的笑，「我運氣沒有那麼好吧？有人在宮中幾年不得見皇上一面，我這第一次進宮，居然得見天顏。」

「還有多遠？」

我一臉沮喪，「遠是還遠著呢！我只看到一個身材高健的男子和公主並肩而行，連面目都還未看清，可皇上既然是和公主一塊過來的，還有躲的必要嗎？」

李妍幸災樂禍地笑起來，「那妳就陪本宮接駕吧！公主肯定會為妳好話說盡。」

小謙撲騰著落在窗櫺上，我一面解下牠腿上繫著的絹條，一面道：「看看你的笨樣子，你們要減肥了，再胖下去就只能整天在地上走來走去，做兩隻不合格的瘦雞。」

就著窗口的燈看著絹條：「『阿布旦』是樓蘭人對自己土地的熱愛讚美之詞，意思類似於漢語中『美麗富饒的土地』，但更多了一種戀慕家園之情。『阿布達勒』在樓蘭語中類似於『叫化子』的意思，沒有家的人。這些詞語從哪裡聽來的？看來妳新招的西域歌舞伎中有樓蘭人。別再餵小謙和小淘吃雞蛋黃，再胖下去，沒法見鴿了。」

我噗哧一聲笑了出來，人太醜會沒法見人，原來鴿太醜也會沒法見鴿。

收好絹條，我抽了條絹帕出來，趴在窗前發了一會呆，提筆寫道：「我現在正趴在窗上和你說話，你在幹什麼？我猜你一定在燈下靜靜看書。我一抬頭就可以看見天上不停眨眼睛的星星，窗外的鴛鴦藤花開得正好，白的皎如玉，黃的燦如金，香氣清靜悠長，晚上睡覺時我也能聞到。

我已經摘了很多花放在竹籮裡曬著，這樣等到夏天過去，花兒謝時，我仍然可以撚幾朵乾花，熱水一沖就能看到水中鴛鴦共舞。

我今天去了皇宮，原本是經過深思熟慮才決定如此做，可話出口的一瞬，我仍舊猶豫了。李氏家族從漢高祖時代就是朝廷重臣，早有名將廣武君李左車，今有安樂侯李蔡和飛將軍李廣，歷經幾代帝王，在朝中勢力也是根深糾錯，軍中更有不少李氏子弟，相對衛青的賤民出身和倚靠裙帶關係的崛起，朝中文官更傾慕於李氏家族的豐儀，李妍怎麼可能會放棄這個對自己對抗衛氏有利的家族呢？我看似把選擇權交給了李妍，可我明白結果是一定的。

李敢的一片痴心，最終只會成為李妍在這場鬥爭中的一把利器。可我顧不了那麼多了，我只希望對你有幫助，我只要你高興，當大漢不再對西域各國用兵時，你眉宇間的愁是否可以消散？也許你的心可以真正自由，只做自己想做的事情，不再勉強自己……」

我握著毛筆靜靜看了好一會鴛鴦藤架，衝著藤架上的花朵笑起來。轉身把筆擱下，仔細疊好寫滿字的絹帕，打開小竹箱，小心地把絹帕放進去，又檢查了一下樟腦葉是否還有味道。

◈ ◈ ◈

「日子過得好快，轉眼間已經夏末。滿架的花越來越稀疏，已經沒有了白色，只剩下零落幾點金黃。今天我忽然覺得鴛鴦藤真的像紅塵中的一對情人，一對曾有波折，但最終幸福的情人。一朵花先開，等待著生命中另一朵花的綻放，是不是很像一對未曾相遇的情人？待到另一朵花開，它已變黃，此時相遇，一朵白一朵黃，白金相映，枝頭共舞。

日隨水去，它們相攜變老，都變成了金色，最後也像生命的隕落，總會一朵先離去，另一朵仍停留在枝頭。可是停留的花仍盡力綻放，因為生命只有一次，它不可以辜負，而且它的綻放提醒著賞花人，在它的身邊曾有另一朵美麗怒放過的花，當它也飄入風中時，我想在風中，在一個我看不到的地方，另一朵花一定在靜靜等候它……」

◈ ◈ ◈

「已經入秋，綿綿細雨中，人無緣無故多了幾分慵懶的情緒，常常胡思亂想。聽公主說李妍一直因未能身懷龍種而煩惱，她的煩惱不僅僅是為了女人做母親的渴望，如果沒有孩子，她的一切計畫都無從實行。

太子之位仍虛懸，如果她能生一個男孩，勢必會有一場奪嫡之爭。似乎一個女子不管有再多的寵愛，最後真正能確保一切的，卻只能靠自己的孩子。

看到李妍，除了敬佩，我會害怕這個女子。究竟要多強烈的恨意和愛意，才能讓一個女子把自己的一生，甚至孩子的一生，賭進一場生死之爭中？我清楚自己無論如何都做不到。如果我有一個孩子，我絕對、絕對不會讓他一出生就置身於一場戰爭。

我雖然會如阿爹當年對我一樣，教他權謀機變，但我要讓他快活平安地長大，智謀機變只是用來保護自己的幸福。

臉有些燒，連人還沒有嫁，竟然就想到孩子。自問如果我這一生都不能有孩子呢？想了許久都沒有定論，但看到屋外只剩綠色的鴛鴦藤時，我想我明白了。生命很多時候在於過程，不是每一株花都會結苞。

但活過，怒放過，迎過朝陽，送過晚霞，與風嬉戲過，和雨打鬧過，生命已是豐足，我想它們沒有遺憾……」

——大漠謠〔卷一〕花落月牙泉　卷終

大漠謠

卷一 花落月牙泉

茶蘼坊4

作　　者　桐　華

總 編 輯　張瑩瑩
主　　編　蔡麗真

責任編輯　呂美雲
校　　對　仙境工作室
海報繪圖　李堃
美術設計　洪素貞(suzan1009@gmail.com)
封面設計　周家瑤
行銷企畫　黃煜智

社　　長　郭重興
發行人兼出版總監　曾大福
出　　版　野人文化股份有限公司
地址：231台北縣新店市中正路506號4樓
電子信箱：yeren@sinobooks.com.tw
發　　行　遠足文化事業股份有限公司
地址：231台北縣新店市中正路506號4樓
電話：（02）2218-1417　傳真：（02）2218-1142
電子信箱：service@sinobooks.com.tw
網址：www.sinobooks.com.tw
郵撥帳號：19504465　戶名：遠足文化事業股份有限公司
客服專線：0800-221-029
法律顧問　華洋國際專利商標事務所 蘇文生律師
印　　製　成陽印刷股份有限公司
初　　版　2010年11月

定　　價　220元

ISBN　978-986-6158-04-9

歡迎團體訂購，另有優惠，請洽業務部（02）22181417分機120、123

國家圖書館出版品預行編目資料

大漠謠〔卷一〕花落月牙泉／桐華作——初版.
——臺北縣新店市：野人文化出版：
遠足文化發行，2010.11
256面；15×21公分.——（茶蘼坊；4）

ISBN　978-986-6158-04-9（平裝）

857.7　　99017763

野人文化
讀者回函卡

姓　名　　　　　　　　　　　□女 □男　生日

地　址

電　話 公　　　　　　宅　　　　　　手機

Email

學　歷 □國中(含以下) □高中職 □大專 □研究所以上

職　業 □生產/製造 □金融/商業 □傳播/廣告 □軍警/公務員 □教育/文化 □旅遊/運輸 □醫療/保健 □仲介/服務 □學生 □自由/家管 □其他

◆你從何處知道此書？

□書店 □書訊 □書評 □報紙 □廣播 □電視 □網路 □廣告DM □親友介紹 □其他

◆你通常以何種方式購書？

□逛書店 □網路 □郵購 □劃撥 □信用卡傳真 □其他

◆你的閱讀習慣：

□百科 □生態 □文學 □藝術 □社會科學 □地理地圖 □民俗采風 □休閒生活 □圖鑑 □歷史 □建築 □傳記 □自然科學 □戲劇舞蹈 □宗教哲學 □其他

◆你對本書的評價：（請填代號，1. 非常滿意　2. 滿意　3. 尚可　4. 待改進）

書名_____封面設計_____版面編排_____印刷_____內容_____

整體評價_____

◆你對本書的建議：

廣　告　回　函
板橋郵政管理局登記證
板橋廣字第143號

郵資已付　免貼郵票

野人

23141
台北縣新店市中正路506號4樓
野人文化股份有限公司 收

請沿線撕下對折寄回

野人

書名：大漠謠〔卷一〕花落月牙泉　　書號：0NRR0004